CAP. 1

Qualcuno, adesso non ricordo chi, mi aveva detto di non investire nella Sottaceti & Associati spa ma io come al solito feci di testa mia e così quando il grande chef Gaston Tourtel, riconosciuto secondo me a torto arbitro universale del buon gusto culinario, bandì dalla tavola tutti i sottaceti come se avessero preso la peste bubbonica, il valore delle mie azioni andò talmente giù che a stento riuscii a barattarle al mercatino delle pulci con una macchinetta da caffè.

Non dico che una nuova macchinetta da caffè non mi facesse comodo, tutt'altro, ma per quanto mi era costata avrebbe dovuto essere almeno d'oro.

Ciononostante ero tranquillo perché avevo ormai imparato da tempo a non prendermela più di tanto quando le cose non andavano per il verso giusto.

Lorelai invece si era alquanto innervosita anche perché lì per lì non aveva capito bene di che cosa si trattasse. Aveva capito, chissà come, che avevo perso le foto delle nostre ultime vacanze sulla Costa dei trichechi, in Groenlandia, un ricordo cui teneva particolarmente. Potevo capirla, anche a me sarebbe dispiaciuto perderle, specialmente quella foto che mi aveva scattato mentre inseguivo un gruppo di orsi polari in groppa a un elefante marino. Eh sì, a volte per mettermi in mostra agli occhi di quell'incantevole biondina facevo delle vere e proprie stupidaggini.

A causa di questo banale equivoco Lorelai si era dunque un po' agitata. Era facile accorgersene perché quando s'innervosiva si metteva sempre a canticchiare a mezza voce una strana cantilena di origine bulgara dalle proprietà rasserenanti che le aveva insegnato sua nonna.

Una volta chiarito il malinteso si mise a ridere, mi abbracciò e mi rassicurò sul fatto che sarei sempre rimasto il suo piccioncino adorato, anche se fossimo finiti a vivere sotto un ponte. In realtà non c'era alcun bisogno che lo dicesse, sapevo bene di poter contare su di lei. Non era certo come la moglie del mio bisnonno Amos che piantò in asso il marito solo perché aveva perso il castello di famiglia in un'accanita partita a freccette. A differenza di Lorelai, la mia bisnonna era una donna molto attaccata al denaro, anche se al momento dichiarò che la causa della separazione non erano stati i soldi ma l'abitudine del mio bisnonno di mangiare pane, aglio e cipolla subito prima di andare a letto. Per dir la verità, al vecchio Amos non dispiaceva poi così tanto di essere abbandonato poiché s'illudeva di poter riacquistare così la sua perduta libertà, ma non appena sua moglie si accorse di questo, tornò indietro più veloce di quando se n'era andata, portando con sé anche la vecchia madre Genoveffa detta l'arpia di Montecupo.

Ma torniamo a noi. Una cospicua fetta del mio patrimonio era dunque finita per così dire in bocca ai pesci, ma come già detto non ne facevo un dramma. Potevo ancora contare su diverse fonti di guadagno, non ultima delle quali i diritti derivanti dal mio famoso trattato sull'inutilità del pensiero logico, un bestseller tradotto in quasi tutte le lingue tranne che in inglese, spagnolo, francese e tedesco.

Nonostante ciò iniziai ugualmente a prendere in considerazione la possibilità di lanciarmi in qualche nuova stimolante e redditizia impresa. Misi Lorelai a parte di questo mio proposito ma dovetti pentirmene quasi subito perché, nella sua candida ingenuità, iniziò immediatamente a darmi consigli quanto mai strampalati. Per prima cosa mi suggerì di presentarmi all'ospedale e di offrirmi come primario neurochirurgo, poi mi consigliò, confessandomi che questa era l'idea che preferiva, di girare un kolossal di fantascienza, oppure, come ultima opzione, mi propose di candidarmi alle imminenti elezioni presidenziali. Capivo perfettamente che queste idee bislacche che frullavano nella sua adorabile testolina erano dettate dall'alta considerazione che lei aveva di me, ma pur essendo tutto ciò molto lusinghiero nei miei confronti, era anche assai poco realistico. Io ero abituato a stare molto più con i piedi per terra. Quello che Lorelai non aveva capito era che io non andavo in cerca di un lavoro vero e proprio. L'impresa che avevo in mente apparteneva piuttosto al genere di quelle compiute a suo tempo dal Conte di Montecristo, da Aladino o da Simbad il marinaio, uomini in grado di rimpinguare le proprie casse da un giorno all'altro trovando tesori, lampade magiche o cose simili. Pur sapendo che erano solo personaggi letterari, la mia indole mi portava spontaneamente e in modo del tutto naturale a sceglierli come modelli.

Non appena gliene parlai, Lorelai convenne con me che quella era la strada giusta da percorrere. Visto che eravamo di nuovo sulla stessa lunghezza d'onda, pensai che era giunto il momento di festeggiare. Misi su un po' di musica allegra, stappammo due bottiglie di succo di Arjavalos e danzammo per una buona mezz'ora (io veramente solo per cinque minuti perché a parte le danze iniziatiche o ipnotiche, non amo molto il ballo in sé e per sé).

CAP. 2

Se dunque l'idea era quella di trovare un tesoro, rimaneva un unico ostacolo da superare e cioè: dove andare a cercarlo? Avevo bisogno di pensarci un po' su con calma e così andai nello studio viola e mi sprofondai nella poltrona color arlecchino. Con lo sguardo fisso davanti a me, perso nel dipinto ad olio raffigurante con incredibile verosimiglianza il naufragio del trealberi "Vecchia valchiria" contro il mitico faro di Alessandria, mi misi a meditare sulle prossime mosse da fare. Giunsi in breve alla conclusione che dovevo procurarmi una mappa o qualcosa del genere e il posto migliore dove andare a cercarla era su nella biblioteca della torre dove da generazioni i membri della mia famiglia avevano accumulato volumi, manoscritti, carte, documenti e probabilmente anche mappe di tesori. Confidavo soprattutto nel diario di Buck il guercio, un mio antenato da parte di nonna Fiammetta che aveva svolto con un certo successo la professione di pirata nel corso del diciassettesimo secolo. Famoso per aver inventato il rampino a cavatappo e la sciabola retrattile a schizzo, Buck il guercio ai suoi tempi aveva compiuto numerose scorribande per i vari mari ed oceani del globo e non era del tutto improbabile che avesse messo al sicuro sotto un paio di metri di solida terra qualche cassa di dobloni d'oro. Me ne aveva parlato spesso mio nonno Gunnar, allevatore di renne in Scandinavia, quando da bambino andavo in vacanza da lui e passavamo lunghe serate davanti al fuoco del caminetto quando fuori la tormenta infuriava e c'impediva di andare a vedere le aurore boreali o a fare picnic sui lastroni di ghiaccio.

Soddisfatto delle conclusioni a cui ero giunto, uscii dallo studio ansioso di comunicarle a Lorelai, ma trovai un suo biglietto nell'ingresso, appeso al naso del grande idolo ligneo che avevo riportato da un mio recente viaggio in Oceania, col quale mi avvisava che era andata con la sua amica Domitilla a vedere una mostra di pittori postcubisti-neoparallelisti. Oltre al disappunto per non averla trovata, quel biglietto attaccato sul naso di Rha-Ku-Tà (questo il nome dell'idolo) mi parve un gesto assai poco rispettoso nei confronti di una divinità, per quanto questa potesse essere a noi poco familiare.

Salii in biblioteca inerpicandomi su per le strette scale che portavano in cima alla torre e lì mi misi a rovistare alla ricerca del diario di Buck il guercio.

Ma quant'era che i miei antenati accatastavano libri e documenti su quei polverosi scaffali? Trovai codici medievali, pergamene con scritte in latino, papiri pieni di geroglifici e perfino lastre di pietra con incisi caratteri cuneiformi. Finalmente dopo un'ora buona di ricerca, seminascosto dietro una rara edizione di ricette assiro babilonesi, trovai il sospirato diario, con la sua copertina di cuoio scurito dal tempo e le pagine ingiallite. Mi immersi immediatamente nella lettura che mi riportò indietro di qualche secolo, in un altro mondo e in un'altra epoca, in un periodo in cui la vita non valeva un fico secco. Parlava infatti di arrembaggi, combattimenti, naufragi, complotti, ammutinamenti, esecuzioni, incarcerazioni, evasioni. Parlava talvolta anche di passioni e di amori, ma di tesori neppure l'ombra. Era evidente che per prudenza il vecchio Buck aveva evitato di parlare nel suo diario dei suoi 'guadagni', della loro entità e di dove li teneva nascosti. Continuai lo stesso a leggere perché il diario era estremamente interessante. Voglio citare solo un paio di episodi che mi pare valga la pena di riportare. Il primo è il racconto di come Buck fosse diventato guercio. Durante un arrembaggio gli era entrato un bruscolino in un occhio e lui per toglierlo aveva avuto la pessima idea di farsi aiutare dal suo nostromo Willy detto Uncino. Il secondo episodio si riferisce invece al rapimento della duchessa di Culotte, una pestifera nobildonna francese che non stava zitta un secondo. Buck e la sua ciurma la rapirono una sera a Maracaibo, ma quando andarono a chiedere il riscatto al marito, quest'ultimo offrì loro del denaro perché se la tenessero.

Finalmente verso la fine del diario quel vecchio filibustiere si decise a parlare di alcune casse ricolme d'oro e di gioielli che aveva nascosto in una grotta sull'Isola delle Capre. La mia attenzione d'improvviso triplicò, ma poco più avanti tutte le mie speranze naufragarono quando lessi che Buck, ormai vecchio, sentendo avvicinarsi la morte e volendo salvarsi l'anima, ebbe la brillante idea di donare tutto a una certa contessa Elena Freghieri di Arraffarraffa che gli aveva promesso di far costruire un ospizio per vecchi pirati bisognosi.

Che fine ingloriosa! Non la sua, la mia.

In tutti i casi non me la presi, come sempre, più di tanto e uscii a fare due passi nel parco prima che facesse buio.

CAP. 3

Era una sera magnifica, i raggi del sole filtravano attraverso le foglie degli alberi e diffondevano ovunque una calda luce dorata. Mi sedetti su una panchina e mi misi ad osservare distrattamente le poche persone che come me avevano deciso di trascorrere all'aria aperta quell'ultima mezz'ora di luce. Erano quasi tutti nostri vicini di casa. Riconobbi tra loro la soprano Beatrice Ugolini che così spesso ci deliziava con i suoi interminabili gorgheggi, il mio amico pittore Robert che nelle notti di luna piena si trasformava in licantropo, il clochard Henry che dormiva in mezzo al parco sotto il monumento al Barone di Münchausen e il professor Giraldo, uno dei primi fisici a calcolare quanti quanti ci volevano per riempire una bottiglia da mezzo litro.

Non stavo pensando praticamente a niente quando vidi appropinquarsi, immancabilmente vestita di nero, l'allampanata figura della signorina Morty, di professione medium.

Non ho mai avuto nessuna difficoltà a credere nella possibilità di una comunicazione tra questo mondo e altre dimensioni, ma non nutrivo più un'alta considerazione per la signorina Morty dal giorno in cui mi aveva confidato che durante una seduta spiritica il fantasma di Einstein le aveva rivelato che la sua famosa formula $E=mc^2$ era stata fraintesa poiché in realtà voleva dire che l'emicrania (E) è proporzionale (m) al quadrato dei colpi (c^2) ricevuti sulla testa. E questa sinceramente mi sembrava un po' grossa da mandare giù.

Con tante panchine libere nel parco, la signorina Morty si venne a sedere proprio accanto a me. Mi salutò gentilmente e mi disse: - Lo sa che Einstein si è rifatto vivo? -

- Vivo? - chiesi stupito.

- È solo un modo di dire. Mi ha confessato che la storia dell'emicrania e dei colpi in testa era tutto uno scherzo. D'altra parte era famoso per essere un gran burlone. -

Questa dichiarazione riabilitò ai miei occhi la signorina Morty. Ero pronto ad accordarle di nuovo tutta la mia fiducia.

- Ho un messaggio per lei. - proseguì.

- Per me? E da parte di chi? -

- Da parte di un suo antenato che dice di chiamarsi Buck il guercio, un pirata a quanto sembra. -

Il mio interesse si risvegliò tutto d'un colpo e con le orecchie bene aperte le chiesi di andare avanti.

Oh, non c'è granché da dire. Voleva solo che le riferissi questo: rompi la coperta! -

Rimasi un po' interdetto, poi le chiesi: - Quale coperta? Ne ho tante in casa. -

- Non saprei. Non ha specificato.-

- Ma non le ha detto nient'altro? -

- Oh sì, per la verità mi ha detto anche altre cose, ma erano rivolte a me e non è assolutamente il caso ora di ripeterle. - disse la signorina Mortis arrossendo visibilmente - Ma lo sa che quel suo antenato è un vero scostumato? Simpatico però. Sì sì, proprio simpatico! -

Ciò detto si alzò, mi salutò e si allontanò con quella sua tipica andatura sinuosa che faceva pensare a un serpente ritto sulle zampe di dietro, se mai la natura gliene avesse fornite un paio.

Rimasi ancora qualche minuto lì seduto passando in rassegna mentalmente tutte le coperte che c'erano in casa. Pensavo anche a cosa avrebbe detto Lorelai. Avrebbe sicuramente pensato che ero impazzito. E in effetti che senso poteva mai avere un'azione del genere?

Proprio mentre ero immerso in tali pensieri, una vocina squillante mi riportò al presente: - Piccioncino imbambolato, cosa fai lì seduto su quella panchina, stai covando un uovo? Hai deciso di passare tutta la notte qui nel parco? Non vedi che sta venendo buio? Vieni ciambellino, non vorrei che tu prendessi fresco e poi mi tenessi sveglia coi tuoi starnuti. -

Già mi seccava che Lorelai mi chiamasse piccioncino o tesorone, ma da un po' di tempo il suo repertorio si era arricchito di nuovi epiteti ancora più ridicoli e ciambellino era uno di questi.

La seguii senza dir niente, poi mentre salivamo le ampie scale di casa, le domandai: - Senti Lorelai, ti darebbe fastidio se facessi a pezzi la coperta rossa che è sul letto? Oppure quella blu a strisce bianche che abbiamo preso in Marocco? -

Come previsto mi guardò come se fossi diventato matto, poi mi rispose: - Per me va bene, però dopo diamo anche fuoco al tappeto persiano nel salotto viola. -

Lorelai aveva il dono di farmi capire subito quando avevo passato il limite e così mi resi conto all'istante che era necessaria una spiegazione. Ci sedemmo sul divano rosso e mentre lei mi accarezzava i capelli, la misi al corrente delle ultime novità. Quando ebbi finito il mio racconto, Lorelai emise un gemito e poi disse: - Ma scusa pentolino, tu vuoi davvero dare retta a quella svampita della signorina Morty? Ti ha detto rompi la coperta e tu subito corri a distruggere tutte le nostre coperte! -

- Non l'ha detto lei, l'ha detto Buck il guercio! -

- Buck il guercio, Buck il guercio... vatti a fidare di un pirata! E poi non ha alcun senso: quando avrai rotto tutte le nostre coperte, che cosa ci avrai guadagnato? -

Non potevo darle torto e perciò rimasi in silenzio.

Vedendo la mia espressione accigliata, Lore-

Iai mi disse: - Senti patatino, per me non ha molto senso ma se proprio vuoi farlo, comincia almeno dalle coperte più piccole. Per esempio, c'è quella copertina rosa e verde sul canapè nello studio giallo che non mi è mai... -

- Che cos'hai detto? - esclamai interrompendola.

- Stavo dicendo - riprese un po' meravigliata dalla mia reazione - che potresti iniziare strappando quella copertina... -

- Ferma lì! - esclamai interrompendola di nuovo e alzandomi di scatto. Anche lei saltò in piedi credendo che fosse apparso un assassino sulla porta oppure che la casa stesse andando a fuoco. Ma io la presi tra le braccia, le detti un bacio e le dissi: - Cosa farei senza di te! Ho sempre pensato che sei un genio! -

- Ma che cosa ho detto? -

- Hai detto copertina! È quella la coperta che dobbiamo rompere! La copertina del diario di Buck il guercio! Sicuramente lì sotto c'è nascosto qualcosa. -

La presi per mano e corsi con lei su in biblioteca.

CAP. 4

Lungo il tragitto presi al volo l'astuccio con i due kriss malesi e il cestino da cucito di Lorelai, poi, giunto in biblioteca, mi misi ad esaminare con attenzione il diario di Buck il guercio.

- Mi dispiace un po' di dover rovinare questo bel diario. È pur sempre un manoscritto del mille e seicento. - dissi a Lorelai che però non mi stava ascoltando, distratta da un libro di ricette della trisnonna Guendalina.

Finalmente notai un impercettibile rigonfiamento sul retro della copertina e capii che quello era il punto giusto dove intervenire. Mi coprii il naso e la bocca con una mascherina da chirurgo e ne feci mettere una anche a Lorelai. Lì per lì protestò dicendo che ero il solito esagerato, ma le sue rimostranze caddero nel vuoto perché ero fermamente deciso a fare le cose per bene. Con l'affilato pugnale malese praticai una sottile incisione a lato del rigonfiamento e con un paio di pinzette estrassi il foglietto che vi trovai nascosto. Il più era fatto. Chiesi a Lorelai di porgermi ago e filo coi quali richiusi il taglio con punti talmente fitti e minuti da rendere la sutura pressoché invisibile. Tutto questo mi riportò alla mente il periodo in cui, durante la guerra di Tarapàz, pur avendo studiato medicina solo per un paio d'anni, mi dovetti improvvisare chirurgo in quell'ospedaletto da campo a seimila metri d'altitudine. Fu lì che imparai a cucire così bene. Anche Lorelai mi fece i complimenti e non appena mi tolsi la mascherina mi schioccò un bacio.

Era finalmente giunto il momento di leggere il biglietto. Il tipo di carta era lo stesso delle pagine del diario, ma il foglio era troppo piccolo per contenere una mappa. Lo aprii e vi trovai una breve poesia che lessi ad alta voce mentre Lorelai ascoltava standosene comodamente sdraiata sul divanetto giallo a fiorelloni bianchi e blu.

La poesia diceva:

Questa è la prima indicazione:
vai sulla tomba del faraone.
Sulla più alta delle sorelle,
là sulla cima, in mezzo alle stelle,
quel ch'è nascosto sotto ad un sasso
ti guiderà al prossimo passo.

Ero deluso e contento allo stesso tempo: deluso perché avevo sperato di trovare subito ciò che cercavo ma anche contento perché la partita rimaneva aperta.

Il primo commento giunse da Lorelai che aveva capito al volo di cosa si trattava: - Che bello! Una caccia al tesoro coi bigliettini! -

Non condividevo il suo stesso entusiasmo ma riuscivo a vedere lo stesso il lato positivo della faccenda.

- È un'ottima occasione per fare un bel viaggetto. - dissi.

- Mi hai letto nel pensiero, tesorone. - cinguettò - Corro a fare le valigie. -

Sparì in un batter d'occhio e non si fece rivedere per più di un'ora. Quando si ripresentò giù davanti al portone con già indosso la sua giacchetta verde e il cappellino in testa, aveva con sé tre valigie piccole, due grandi e un baule più alto di lei. La guardai con l'espressione che uso di solito per ipnotizzare le mosche e le dissi che al massimo poteva portare una sola valigia di quelle piccole. Dopo un quarto d'ora di contrattazioni ci accordammo per una valigia piccola con le ruote e una borsa.

Io per me avevo solo uno zainetto poco pesante.

Prendemmo al volo un taxi per l'aeroporto. Il conducente però non era uno di quegli autisti normali che se ne stanno zitti, guidano con consumata perizia e ti portano rapidamente dove tu gli hai indicato. Era invece un gran chiacchierone e per di più ossessionato dall'idea che metà della popolazione della Terra fosse composta da alieni camuffati e pronti ad impadronirsi del nostro pianeta.

Certa gente non dovrebbe guardare così tanti film di fantascienza.

Io non lo stavo neanche a sentire ma Lorelai aveva invece abboccato in pieno e gli faceva mille domande. A lui naturalmente non pareva vero.

Le assicurò che questa notizia era vera al cento per cento perché riferitagli da suo cugino che aveva visto al supermercato uno di questi alieni svitarsi un braccio dietro al banco dei surgelati. Le spiegò poi che si potevano facilmente riconoscere da come parlavano perché avevano l'erre moscia. La cosa più importante da sapere era però il metodo per neutralizzarli. A sentir lui bastava soffiare loro in faccia del borotalco, al quale erano allergici.

Dopo una mezz'oretta di simili idiozie, arrivammo finalmente a destinazione. Al momento di pagare chiesi all'autista se per quelle preziose informazioni c'era da versare un sovrapprezzo. Lorelai non apprezzò la mio umorismo, dicendo che a lei quelle cose erano sembrate interessantissime, che non si finisce mai d'imparare e che ero un troglodita chiuso a qualsiasi novità.

L'ultimo che mi aveva dato del troglodita stava ancora chiedendosi che tipo di meteorite lo aveva colpito sulla testa, ma Lorelai era Lorelai e aveva la licenza di straparlare a suo piacimento. Quando arrivammo al check-in, si accorse di non avere il passaporto.

- Perché il passaporto? - chiese - Dove andiamo? -

- In Egitto. -

- In Egitto? - fece spalancando gli occhi e cadendo dalle nuvole.

- Eh già, non ricordi? Sotto il sasso... la tomba del faraone... -

Con la stessa espressione che aveva fatto alla mostra delle porcellane quando aveva rotto la preziosa statuina di Paride che se la dava a gambe dopo il suo incauto giudizio, Lorelai si attaccò alla manica della mia giacca e mugolò: - Dài piccioncino, non fare quella faccia. In fondo non eravamo ancora neanche partiti. Non cambia mica nulla... -

Era vero, non cambiava nulla. Andammo a cena fuori e poi al cinema, portandoci dietro le valigie. La partenza fu rimandata alla mattina dopo.

CAP. 5

Il giorno successivo l'aereo partì in perfetto orario ma il volo durò più del previsto a causa di un paio di dirottamenti non andati fortunatamente a buon fine. Così tra il cambio di fuso orario, l'ora legale, l'ora illegale e chissà quale altra diavoleria moderna, giungemmo al Cairo che era già notte fonda. Prendemmo un taxi e ci facemmo portare all'Hotel dei Tre Cammelli che mi era stato consigliato da Henry, il clochard del parco. Imparai così che almeno per quanto riguarda gli alberghi, non bisogna mai fidarsi dei suggerimenti di un vagabondo, portato a considerare un lusso qualsiasi sistemazione appena al di sopra di una scatola di cartone. Senza entrare nei particolari, basti dire che i tre cammelli c'erano davvero, oltre a cinque capre e una ventina di galline. Io amo molto gli animali ma non fino al punto di condividere con loro lo stesso letto. Mi aspettavo che Lorelai la pensasse come me, invece dimostrò di possedere un animo animalista al duecento per cento sdraiandosi sulla paglia come fosse un materasso di piume e addormentandosi tranquillamente abbracciata a una capra. Mi dovetti perciò adattare anch'io alla situazione e mi sistemai tra le due gobbe di uno dei cammelli. Strano a dirsi ma dormimmo benissimo. Forse il consiglio del vecchio Henry non era poi così strampalato.

La mattina dopo mi svegliai un po' prima di Lorelai ed ebbi così tempo di fare amicizia col cammello che mi aveva fatto da cuscino. Scoprii che in realtà si trattava di una cammella, veramente molto simpatica e giocherellona. Giocammo un po' a rimpiattino. Io mi nascondevo dietro una delle colonne dell'ampio cortile interno dell'hotel e lei mi doveva trovare. Quando proprio non ci riusciva, facevo un fischio e lei arrivava tutta contenta e mi dava una leccata sul viso, particolare quest'ultimo di cui avrei fatto volentieri a meno.

Non appena anche Lorelai si fu svegliata, ci preparammo, salutammo i nostri amici a quattro zampe senza dimenticare naturalmente le galline, e ci avviammo verso l'uscita. Affacciandoci dal portone, trovammo all'esterno una situazione del tutto diversa dalla sera prima. Tutte quelle strade e stradine che a notte fonda ci erano apparse completamente vuote e deserte, si erano trasformate con lo spuntar del giorno in un unico immenso mercato pieno di bancarelle, stuoie, tappeti, cibi, spezie, ceramiche, animali e soprattutto persone. C'era tanta gente quanta se ne può trovare su una metropolitana all'ora di punta. Rimanemmo fermi sull'uscio a guardare quel fiume di varia umanità che ci passava davanti. Uomini con turbanti e lunghe tuniche, misteriose donne velate e chiassosi bambini andavano avanti e indietro senza sosta. Eravamo incerti se gettarci o no nella mischia. Poi ad un tratto Lorelai perse leggermente l'equilibrio e fece un passetto in avanti, così venne presa dalla corrente e trascinata via. Due secondi ed era già sparita dalla mia vista. Mi gettai al suo inseguimento, ma mi resi conto subito che non era per niente facile muoversi in mezzo a tutta quella folla. Se volevo andare avanti la corrente mi riportava indietro, se volevo andare da una parte la corrente mi portava dall'altra. Era piuttosto frustrante. Dopo una mezzora di sballottamento ne ebbi abbastanza, così entrai nella prima porta che trovai aperta. Per dir la verità non era proprio aperta bensì protetta da una pesante tenda nera con sopra uno strano disegno. Lo intravidi appena per un attimo ma mi sembrò che rappresentasse una scimmia col turbante in testa e una scimitarra in mano, a cavallo di un rinoceronte lanciato in piena corsa.

All'interno non c'era molta luce e mi ci volle un po' per abituarmi a quella semioscurità anche perché fuori, nonostante fosse mattina presto, c'era già un sole che spaccava le pietre. Sebbene all'inizio non vedessi quasi niente, sentivo però un brusìo, come un ronzare di vespe o meglio di calabroni che mi fece tornare in mente il periodo in cui facevo l'apicoltore nella verde Irlanda del nord. All'inizio di questa mia attività ero talmente inesperto in materia che pensavo, per prendere il miele, di dover mungere le api. Questo errore mi costò piuttosto caro. Ma torniamo a noi. Non appena i miei occhi si abituarono a quella penombra, mi accorsi di trovarmi in una grande stanza illuminata, se così si può dire, da non più di sette o otto candele. Tutto intorno c'erano degli uomini barbuti, infagottati in ampie tuniche e col turbante in testa. Erano seduti in terra su dei piccoli tappeti e salmodiavano una tiritera incomprensibile che produceva quella specie di ronzio che avevo udito all'inizio. In mezzo alla stanza c'era una tavola di pietra, forse un altare, con inciso sopra lo stesso disegno che avevo intravisto sulla tenda all'ingresso. Ora che avevo più tempo per guardarlo mi accorsi che la scimmia e il rinoceronte inseguivano un pesce con le ali. Una simbologia interessante ma dal significato oscuro.

Intanto quelli persistevano nel loro brusìo. Pensai che se ero finito in mezzo a quella strana congrega, un motivo ci doveva pur essere. O forse no, comunque erano tutti così concentrati che non si accorsero di me finché non dissi: - Salve, continuate pure. Fate come se io non ci fossi. -

A volte mi viene il dubbio di essere deficiente. In un battibaleno mi saltarono tutti addosso e in pochi istanti mi ritrovai legato come un salame, disteso sul tavolo di pietra in mezzo alla stanza, in una posizione non proprio comodissima. Devo ammettere che il loro scatto fulmineo mi aveva colto del tutto impreparato. Erano riusciti a sorprendermi per il semplice motivo che li avevo sottovalutati considerandoli un'accolita di mammalucchi semianchilosati. Questa fu quindi l'ennesima conferma che non bisogna mai giudicare le persone così a una prima occhiata.

CAP. 6

Gli uomini barbuti mi stavano dintorno e mi guardavano come se non avessero mai visto qualcuno che avesse l'abitudine di radersi.

- Scusate se vi ho interrotto. - dissi con un sorriso non del tutto spontaneo - Se ora mi slegate, tolgo subito il disturbo. - ma era come parlare al muro. Continuavano a fissarmi senza dir nulla. Nella mia mente si riaffacciò per un attimo l'idea che fossero dei mammalucchi.

Improvvisamente il loro cerchio si aprì e dal fondo della stanza vidi avanzare un uomo alto e magro che non solo era sbarbato, ma anche completamente pelato. Era molto più alto degli altri e vestito, o meglio svestito, come un faraone dell'antico Egitto. Teneva davanti a sé con entrambe le mani una ciotola dorata o forse d'oro. Giunto vicino a me, la sollevò verso l'alto pronunciando alcune strane parole cui sembrava attribuire molta importanza ma che a me non dicevano assolutamente nulla e poi, mentre uno dei barbuti mi alzava la testa, l'avvicinò alle mie labbra perché ne bevessi il contenuto.

Era un liquido verdastro nel quale galleggiavano alcuni piselli rossi. Mai visto niente di simile. Se quei babbei s'illudevano che avrei bevuto quell'intruglio si sbagliavano di grosso. Feci subito capire loro che non avevo alcuna intenzione di collaborare, ma un'affilata scimitarra appoggiata sulla mia gola ebbe il potere di convincermi più rapidamente di un'infinità di discorsi.

Di solito quando mi trovavo in una situazione del genere mi tramutavo nel mostro Grunz dal folto pelo e i denti aguzzi e risolvevo così la situazione in quattro e quattr'otto, ma quando c'era la luna nuova come in quei giorni la trasformazione non poteva avvenire e perciò dovetti bere a malincuore quell'intruglio che sapeva vagamente di cedrata e fango di palude.

Stavo per dire la mia e cioè che in vita mia avevo bevuto di meglio, quando tutto scomparve intorno a me e mi ritrovai dopo un attimo nel bel mezzo del deserto. Non ero più legato, così mi alzai e mi guardai intorno. Da qualsiasi parte volgessi lo sguardo non c'era altro che sabbia. Che scherzo era questo? Mi avevano dunque narcotizzato, portato via e abbandonato in mezzo al deserto? Che scherzi cretini!

M'incamminai sotto il sole cocente, ben determinato ad andare a protestare all'Ufficio del Turismo, ma dopo una mezzora mi accorsi di aver camminato in cerchio e di essere tornato al punto di partenza. Non mi disperai perché non ero solito farlo e poi mi ero trovato in situazioni peggiori, come quella volta che avendo bevuto troppo succo di Carpados caddi dalla nave Stella del Sud nelle gelide acque del Polo Nord. Neanche allora mi persi d'animo, neppure quando vidi la nave allontanarsi e scomparire nel buio della notte ed iniziai a sentire la morsa del freddo che mi paralizzava come fossi un merluzzo surgelato. E infatti mi salvai. Come? Sinceramente non ricordo bene, ho solo ricordi frammentari di uno splendido palazzo di ghiaccio e di una bellissima donna bianca come la neve che comandava gli orsi polari come fossero stati cagnolini ammaestrati.

Ma mentre allora stavo per finire congelato, questa volta stavo per finire arrostito sotto l'implacabile sole africano.

Mi ero da poco seduto in cima a una duna a meditare su cosa fosse meglio fare, quando vidi un puntino in lontananza che s'ingrandiva sempre di più. Evidentemente c'era qualcosa che si stava avvicinando rapidamente e a giudicare dal nuvolone di sabbia che sollevava doveva trattarsi di qualcosa di grosso. Quando fu abbastanza vicino scoprii che si trattava della scimmia col turbante in testa che inseguiva il pesce volante stando in groppa al rinoceronte, ossia quella stessa cricca di bizzarri animali che avevo già visto nel disegno sulla tenda e sul tavolo di pietra.

Anche se la scimmia aveva un'espressione poco rassicurante e brandiva una scimitarra, non era il momento di esitare, perché quella era l'unica occasione che mi si offriva per trarmi d'impaccio. Afferrai al volo la coda del rinoceronte e mi ci appesi stringendola con tutte le mie forze. Venni trascinato via come se mi fossi attaccato a un treno a vapore in corsa e rimasi in quella precaria situazione per non so quanto, percorrendo chilometri e chilometri di deserto infuocato. A un tratto la coda del rinoceronte divenne incandescente e dovetti mollarla. Feci diverse capriole nella sabbia e mi fermai giusto in tempo per vedere la scimmia in groppa al suo potente destriero sparire al di là delle dune. Mi guardai intorno e vidi sulla mia destra qualcosa di assolutamente inaspettato. Le tre grandi piramidi, di Cheope, di Chefren e di Micerino, si ergevano imponenti a non più di cento metri da me.

CAP. 7

Nel frattempo era sorto però in me il dubbio che tutto questo non fosse reale e che stessi avendo una specie di allucinazione dovuta a quell'intruglio che mi avevano fatto bere. Perché, diciamoci la verità, una scimmia che insegue un pesce volante a cavallo di un rinoceronte non è una cosa tanto normale. Volli fare una prova e col coltellino multiuso che mi porto sempre dietro mi feci un taglietto su un dito. Da questo non uscì una sola goccia di sangue ed anzi la fessura che si era formata si modellò in una piccola bocca che disse: - Il destino la sua trama continua a tessere. Che sia vero oppure no, tu sei proprio dove devi essere. -

Dunque avevo ragione! Mi trovavo nel bel mezzo di un sogno ad occhi aperti, o forse chiusi, provocato da quella stomachevole brodaglia che mi avevano costretto a bere. Molto probabilmente ero ancora steso sul tavolo di pietra in mezzo a quegli uomini barbuti che si stavano facendo di certo delle grasse risate alle mie spalle insieme al loro amico pelato vestito da faraone.

Però adesso che avevo scoperto la verità forse potevo volgere il gioco a mio vantaggio. Ora che ero consapevole di essere in un sogno potevo probabilmente fare cose che normalmente non mi era possibile fare e inoltre poteva anche darsi che il sogno non fosse completamente un sogno ma contenesse anche elementi di realtà. Non rimaneva che fare una verifica. La prima cosa da fare era sfruttare il fatto di trovarmi vicino alle piramidi di Giza, sulla più alta delle quali avrebbe dovuto esserci, sotto ad un sasso, il secondo biglietto di Buck il guercio.

Bene, era il momento di vedere se potevo davvero gestire il sogno invece di subirlo. Presi lo slancio e spiccai il volo. Funzionava! In pochi secondi raggiunsi la cima della piramide di Cheope, la più alta delle tre, e lì, cercando un po' sotto i frammenti di pietra sparsi qua e là, trovai abbastanza alla svelta il foglietto che cercavo. Me lo ficcai in tasca e tornai rapidamente, sempre in volo, al Cairo dove, piombando giù dal cielo stile Superman, recuperai Lorelai che ancora stava vagando in mezzo alla folla.

- Sapevo che nascondevi un segreto. - mi disse sorridendo mentre sorvolavamo i tetti delle case.

Cercai di spiegarle che quello non ero io ma solo un'immagine onirica di me stesso capace tuttavia d'interagire con la realtà, ma probabilmente era un concetto troppo complicato.

Atterrammo davanti alla porta con la tenda nera dietro alla quale c'erano gli uomini barbuti, lo pseudo-faraone e probabilmente anche io, steso sul tavolo di pietra. Dissi a Lorelai di aspettarmi fuori, feci apparire dal nulla un bel bastone nodoso ed entrai nella stanza. Avevo appena iniziato a tirare qualche mazzata a destra e a sinistra, quando accadde qualcosa di strano. Mi sentii risucchiare e un attimo dopo la mia immagine onirica si ricongiunse con il me stesso originale che era sempre disteso, anche se non più legato, sulla tavola di pietra. La vicinanza tra i miei due corpi aveva probabilmente accelerato la fine dell'effetto della pozione. La situazione era quanto mai critica. Non avevo più alcun potere e i barbuti, dopo aver estratto ognuno da sotto la sua tunica una scimitarra, stavano avanzando lentamente ma inesorabilmente verso di me. Saltai giù dal tavolo ma fui costretto a indietreggiare e andai a finire con le spalle al muro. A peggiorare le cose, entrò Lorelai dicendo: - Piccioncino stralunìto, guarda che se resto lì fuori un altro po' la folla mi porta via un'altra volta. -

Ora eravamo tutti e due con le spalle al muro, uno accanto all'altra. Se prima la situazione era critica adesso era a dir poco drammatica, ma come sempre in questi casi il mio sesto o settimo senso giunse in mio soccorso. Non so come fece a venirmi in mente, fatto sta che lanciai un potentissimo fischio al quale lei non poté fare a meno di rispondere e per lei intendo proprio lei, la cammella dell'Hotel con cui avevo giocato a nascondino e alla quale avevo insegnato a trovarmi seguendo il richiamo del mio fischio.

Giunse al galoppo tirando via nella foga la tenda nera che copriva la porta e facendo così entrare finalmente un po' di luce in quella stanza buia. Si fermò in mezzo tra noi e gli uomini barbuti e cercò di darmi una poderosa leccata sul viso che riuscii però abilmente a schivare. Le saltai in groppa tirandomi dietro Lorelai, poi la spronai e fuggimmo al galoppo attraverso quelle strade ingombre di gente fortunatamente abituata a schivare i cammelli in corsa.

CAP. 8

Giunti al capo opposto della città ci fermammo. Era giunto il momento degli addii. La nostra amica cammella tenne un contegno molto dignitoso, ma poi non appena ebbe svoltato l'angolo la sentimmo piangere.

Così va il mondo, è sempre triste separarsi da qualcuno che ti è simpatico. Anche Lorelai si era immalinconita.

- Veramente una cara bestiola. - disse - Se non fosse stata così ingombrante, me la sarei portata a casa. -

- Conosco persone - commentai - più piccole di lei ma molto più ingombranti. -

- Verissimo! Ad esempio tua zia Casimira che pure è così mingherlina... -

- Non facciamo nomi. - tagliai corto temendo che evocando zia Casimira ce la vedessimo apparire davanti.

Fortunatamente la parte della città dove eravamo adesso non era sovraffollata come quella da cui venivamo. Eravamo in una piazza piuttosto grande, non asfaltata e semideserta. In quel momento la stavano attraversando solo un uomo con un carretto e due donne velate.

Lorelai si sedette su un muretto, sospirò e disse con un'espressione triste: - Abbiamo perso tutti i nostri bagagli. -

- Non ti preoccupare, - la rassicurai - ho ancora con me i soldi e i passaporti. -

Avendo passato gran parte della mia vita in giro per il mondo, sapevo bene cos'era essenziale tenersi ben stretto quando si è lontani da casa. Per questo i miei vestiti da viaggio erano pieni di tasche segrete.

Lorelai sorrise, si alzò, mi dette un bacio e disse: - Bravo piccioncino avveduto, però adesso dobbiamo trovare il biglietto del tuo antenato pirata. - poi guardandosi intorno aggiunse: - Chissà se le piramidi sono lontane da qui. -

Avrei voluto farle una fotografia per immortalare l'espressione stupita che fece quando le mostrai il messaggio di Buck il guercio che avevo preso in cima alla piramide di Cheope. Volle assolutamente sapere come avevo fatto e quando glielo ebbi spiegato era ancora più meravigliata di prima.

Ci sedemmo tutti e due sul muretto e leggemmo insieme il biglietto:

Fino a qui sei stato bravo,
sei più in gamba di quel che pensavo.
Ora devi andar a cercare
qualche cosa sul fondo del mare.
Devi trovar la mia vecchia nave
e lì guardare dietro una trave.

La sua vecchia nave? Considerando che Buck il guercio era vissuto nel mille e seicento, la sua nave era in fondo al mare da circa quattrocento anni. Ma il problema maggiore non era quello, era piuttosto il fatto che io non avevo la minima idea di dove fosse affondata. Ricordavo benissimo di aver letto nel diario di Buck che la nave si chiamava "Teschio bacato" ma non c'era nessuna indicazione su dove fosse finita. Già mi vedevo costretto ad estenuanti ricerche presso gli archivi storici navali dei porti più importanti, quando vidi avvicinarsi una vecchietta piccola e magra come uno stecco, vestita di stracci a loro modo eleganti e stranamente priva di quel velo che nascondeva il viso di tutte le altre donne. Nonostante in genere non apprezzassi l'uso di coprirsi il volto, non potei fare a meno di pensare che in quel caso non sarebbe stato inopportuno.

- Salàm. - disse rivolgendosi a noi.

- Aleikum salàm. - risposi esaurendo con queste due parole di saluto quasi tutto il mio vocabolario di arabo.

Per fortuna continuò poi nella nostra lingua: - Volete comprare questa coda di ramarro blu del deserto? -

Così dicendo tirò fuori da una delle numerose pieghe del suo vestito una vecchia scatola di fiammiferi, l'aprì e ce ne mostrò il contenuto: una piccola coda blu di un rettile, rinsecchita e arricciolata.

La guardai allibito e Lorelai fece altrettanto.

Intuendo che forse c'era bisogno di qualche spiegazione, la vecchia donnina aggiunse: - È il più potente portafortuna che ci sia. Sono venuta ad offrirvelo perché mi sembrava che ne aveste bisogno. -

La mia natura diffidente ebbe il sopravvento così la liquidai con un secco no grazie, ma Lorelai era di tutt'altra idea.

- Porta davvero così fortuna? - chiese.

"Ci risiamo." pensai "Come col tassista."

- Non esiste niente al mondo che attiri la fortuna più di questa coda. - le assicurò la vecchietta.

Lorelai prese la scatola di fiammiferi, ne esaminò attentamente il contenuto e infine esclamò: - La prendo! -

Lì per lì pensai di dover dire qualcosa del tipo: - Come puoi essere così credulona! Svegliati! Il mondo è pieno d'imbroglioni! Non si può prestar fede a qualsiasi fandonia ti venga raccontata! - e cose di questo genere, ma poi mi ricordai che proprio io le avevo appena raccontato di essere volato in cima alla piramide di Cheope e di aver attraversato il deserto appeso alla coda di un rinoceronte che portava in groppa una scimmia col turbante. Decisi perciò di non dire niente. Quando poi sentii che la vecchietta per la sua codina blu chiedeva solo pochi centesimi, pensai che forse mi ero sbagliato sul suo conto e anche che sbagliavo a far prevalere così spesso la mia razionalità a scapito del mio intuito quando i due erano in conflitto.

Come se mi avesse letto nel pensiero, la vecchietta mi guardò con occhi penetranti e mi disse: - Proprio così, devi dare più retta al tuo istinto. Io lo faccio sempre. Se anche tu farai come me, sarai sempre ben guidato e procederai sempre con passo sicuro e spedito. -

Fece quindi un leggero inchino con le mani giunte, si voltò e se ne andò. Dopo tre o quattro passi inciampò in un barattolo e cadde lunga distesa per terra. Si rialzò, si spolverò e si allontanò senza voltarsi fino a sparire in una strada laterale.

- Immagino che adesso che abbiamo quella codina blu, - dissi a Lorelai - i nostri problemi si possano considerare risolti. -

- Uomo di poca fede, vedrai che d'ora in poi la nostra strada sarà tutta in discesa. -

- Basta che in fondo alla discesa non ci sia un muro. -

Mi pentii quasi subito di aver fatto questa battuta, perché Lorelai mi disse: - Ma lo sai che sei antipatico? -

CAP. 9

Raggiungemmo il porto di Alessandria viaggiando su un autobus di linea sovraffollato, ma mentre io dovetti arrangiarmi sul tetto insieme ai bagagli e altre venticinque persone, Lorelai fu invitata da un giovane e affascinante egiziano a sedere accanto a lui in uno dei posti migliori. Il giovane ganimede aveva anche una borsa frigo piena di ottime bibite ghiacciate, così mentre io, appollaiato sul tetto, mangiavo la sabbia del deserto, lei al piano inferiore veniva colmata d'ogni gentilezza. Quando scendemmo mi disse sorridendo: - Allora, piccioncino insabbiato, hai visto come funziona bene la codina blu? -

- Per tutti i diavoli Lorelai, - protestai - ho dubitato solo per un attimo all'inizio del potere di quell'amuleto! -

- Per un attimo solo, sei sicuro? -

- E va bene, forse anche quando la vecchietta ha battuto il muso per terra, ma adesso ti assicuro che ci credo anch'io! -

- Bene tombolino, ne sono contenta. Vedrai che ora porterà fortuna anche a te. -

Lo speravo proprio, dal momento che la nostra ricerca della nave pirata non aveva molte chance di successo. Ci dirigemmo verso il porto sperando di trovare un archivio storico che conservasse qualche traccia del passaggio della nave "Il teschio bacato".

Avevo deciso di non rivelare a nessuno la mia discendenza da Buck il guercio per il timore che il mio antenato ne avesse combinate di grosse da quelle parti e che a qualcuno potesse saltare in mente di venirmi a chiedere un risarcimento.

Giunti al porto, notammo un uomo che si disperava in modo molto plateale accanto a una nave ormeggiata.

- Guarda quello. - fece Lorelai - Fa come te quando scopristi che il Picasso che avevi trovato alla spazzatura era un falso. -

- Non ho mai trovato nessun Picasso alla spazzatura. - replicai - Forse te lo sarai sognato. E poi io non mi dispero mai, dovresti saperlo. -

- Un sogno dici? Sì forse hai ragione, comunque eri buffissimo lo stesso. -

Equivoco curioso ma comprensibile dato che i sogni a volte sembrano così reali e la realtà così simile a un sogno.

Mentre gli passavamo accanto, l'uomo smise immediatamente di lamentarsi, mi squadrò dall'alto in basso, dal basso in alto, da destra a sinistra, da sinistra a destra, poi mi prese per il bavero e fece per dirmi qualcosa, ma non ne ebbe il tempo perché chiunque mi prenda per il bavero non ha mai il tempo di dire granché. Come già detto, quando qualcuno mi assale mi trasformo di solito nel mostro Grunz dal folto pelo e i denti aguzzi, ma in questo caso il pericolo era di modesta entità e così mi limitai semplicemente a afferrare il mio aggressore e buttarlo in mare.

Siccome mi sembrava non del tutto a suo agio nell'elemento liquido, per evitare che andasse a fondo come un ferro da stiro, gli gettai una cima in modo che potesse risalire sul molo ed ebbi così modo di capire che ero stato forse un po' troppo impulsivo. Guardandolo meglio, non era assolutamente il tipo d'uomo che ti possa aggredire in un porto. Era piuttosto magro, in giacca e cravatta e con un paio di occhiali grandi e tondi che fortunatamente non aveva perso tuffandosi in mare.

- Perché mi ha buttato in acqua? - mi chiese strizzandosi la camicia.

- Mi aveva preso per il bavero. - gli spiegai.

- Ah sì? Davvero? Accidenti, sono così agitato che non mi rendo conto di quello che faccio. Non intendevo aggredirla, volevo solo domandarle se per caso lei è un esperto di immersioni subacquee. -

In realtà lo ero. Avevo anche partecipato ultimamente insieme al professor Octopus al recupero di alcune casse di champagne dal relitto del Titanic, ma prima di dirglielo volli sapere il motivo di quella domanda.

La sua risposta lasciò di stucco sia me che Lorelai: - È vero, scusatemi, non mi sono nemmeno presentato. Il mio nome è George Pataff, professore di storia, ed ho organizzato il recupero di un'antica nave pirata chiamata "Il teschio bacato". Dovevamo partire stamani ma all'ultimo momento il palombaro che doveva effettuare l'immersione ha preso il morbillo. -

Io e Lorelai ci guardammo e il pensiero di entrambi corse a un certo codino di ramarro blu del deserto chiuso dentro una certa scatolina di fiammiferi mezza rotta.

Naturalmente dètti subito la mia piena disponibilità dicendo che eravamo pronti a partire anche subito, ma George Pataff guardando Lorelai chiese: - Verrebbe anche lei? -

- Certo, - risposi - che problema c'è? -

- Nessuno da parte mia, ma l'equipaggio è composto da marinai di vecchio stampo, un po' superstiziosi, e dubito che gradiranno la presenza di una donna a bordo. -

- Non diciamo stupidaggini, George. - dissi spingendolo gentilmente verso la passerella della nave e così salimmo tutti e tre a bordo.

CAP. 10

L'equipaggio era composto da cinque uomini, uno più brutto dell'altro. Non so dove George fosse andato a scovare una simile ciurmaglia. Si vedeva lontano un chilometro che il loro unico pensiero era quello di rapinarlo, se solo avesse tirato su dagli abissi qualcosa di minimamente appetibile.

Lorelai doveva aver avuto la mia stessa impressione, perché nonostante quelli la guardassero malissimo, andò a stringere loro la mano uno ad uno dicendo: - Piacere, sono la professoressa McTresor e sono la sola in grado di guidarvi nel vostro viaggio di ricerca. Spero vi rendiate conto che senza di me non trovereste un cavolo di niente. -

Con queste poche parole aveva quasi azzerato le probabilità di essere buttata in mare.

Durante la navigazione ebbi modo di scoprire che George era un bravissimo storico, ma anche un pessimo marinaio. Conosceva infatti moltissimi particolari ignoti al resto dell'umanità relativi a famosi personaggi della storia, come ad esempio il fatto che Cleopatra andasse tutte le mattine a far la spesa in bicicletta oppure che Napoleone mettesse a punto le proprie strategie militari giocando a Risiko. Come marinaio invece faceva pena. Me ne accorsi perché teneva la carta nautica alla rovescia e faceva sempre una grande confusione tra la poppa, la prua, il babordo e il tribordo.

Grazie al mio aiuto riuscimmo comunque a raggiungere il punto dove si doveva trovare la nave di Buck il guercio. Era a una profondità di un centinaio di metri, accanto a un isolotto di origine vulcanica che sbucava solo soletto nel bel mezzo dell'oceano.

M'infilai lo scafandro da palombaro, ma prima di avvitare il casco Lorelai insistette perché mi mettessi la sciarpa di lana perché diceva che laggiù c'era molta umidità. Protestai naturalmente ma alla fine dovetti cedere, dopodiché mi buttai in acqua. Grazie al peso di trenta chili che tenevo in mano giunsi rapidamente sul fondo dove non ci misi molto a trovare la vecchia carcassa de "Il teschio bacato". Come già detto, George non valeva molto come marinaio, mentre per le ricerche storiche era una vera forza. Adocchiai uno squarcio nel fianco della nave attraverso il quale sarei potuto entrare ma una piovra di notevoli dimensioni me ne sbarrò l'ingresso. Mi sembrò di riconoscere in lei la stessa piovra che mi aveva già dato del filo da torcere durante il recupero delle casse di champagne dal Titanic, ma non ne ero del tutto sicuro dato che le piovre si assomigliano un po' tutte. Questa, come l'altra, si era messa in testa di non farmi entrare, ma io, da esperto sub, sapevo come fare. Non appena l'aggressivo cefalopode protese un tentacolo verso di me, ne afferrai l'estremità e glielo rilanciai contro, facendoglielo attorcigliare intorno alla testa. Poi approfittando del suo momentaneo disorientamento, presi l'estremità di un altro tentacolo e gli attorcigliai anche quello intorno alla testa, nell'altro senso. Dopodiché presi il tentacolo di destra e glielo annodai con quello di sinistra e con altri due gli feci un bel fiocco sopra la testa. Lasciai di proposito liberi gli ultimi due tentacoli affinché potesse utilizzarli per darsela a gambe e sgombrare così il campo dalla sua ingombrante e inopportuna presenza.

Finalmente potei entrare all'interno dello scafo che nonostante gli anni trascorsi, si era mantenuto abbastanza integro, anche se non aveva potuto evitare di ricoprirsi di tutte quelle incrostazioni con le quali il buon vecchio Nettuno non manca mai di decorare, non senza un certo buon gusto, qualsiasi cosa stazioni nei suoi domini per un periodo sufficientemente lungo.

George mi aveva detto di dare un'occhiata per vedere se c'era qualcosa che meritasse di essere recuperata a parte, prima di tirar su tutta la nave. Non so che cosa sperasse di trovare, ma non vidi niente d'interessante a parte un secchiello pieno di gioielli. Un secchiello pieno di gioielli? Diavolo, che ci faceva lì un secchiello pieno di gioielli? Probabilmente Buck il guercio l'aveva dimenticato al momento del naufragio, nella confusione del momento. Pensai subito che come suo diretto discendente quei preziosi mi spettavano di diritto, ma poi mi ricordai di aver tenuto nascosta la mia parentela col vecchio pirata e che se l'avessi rivelata adesso difficilmente qualcuno mi avrebbe creduto. Decisi di portare intanto su il secchiello e di stare poi alla sorte. In fondo che cos'era un secchiello di gioielli antichi in confronto al favoloso tesoro che contavo di trovare al termine di quel percorso disseminato di strani biglietti che io e Lorelai stavamo seguendo? Decisi di non pensarci più e andai a cercare il messaggio di Buck il guercio nascosto dietro la trave, che era l'unico vero motivo per cui mi trovavo lì sotto. Ispezionai tutte le travi della nave, o meglio quel che ne rimaneva, e naturalmente trovai il biglietto dietro l'ultima, in quella che doveva essere stata la cabina di Buck. Per fortuna il mio antenato aveva avuto l'accortezza d'infilare il foglietto in una bottiglietta di vetro ben chiusa in modo da tenerlo all'asciutto. La bottiglietta però era terribilmente incastrata dietro la trave e non voleva saperne di venire via. Anche tirando con tutte le mie forze non si muoveva di un millimetro. Allora raccolsi da terra una sbarra di ferro deformata dalla ruggine e ricoperta da microrganismi marini e con quella sferrai un colpo così forte che la trave si spezzò e la bottiglietta saltò direttamente nelle mie mani.

Purtroppo però quella trave doveva avere un'importanza fondamentale per l'integrità della nave che crollò rovinosamente tutt'intorno a me disfacendosi in pochi istanti. Mentre osservavo la corrente sottomarina che si portava via la nuvola di polvere in cui la gloriosa nave pirata "Il teschio bacato" si era trasformata, mi chiedevo come l'avrebbe presa George. Io personalmente non la consideravo una gran perdita, ma capivo che il punto di vista di uno storico poteva essere leggermente diverso dal mio.

Risalii verso la superficie tenendo ben stretta in una mano la bottiglietta col messaggio e reggendo con l'altra il secchiello con i gioielli. Ma sulla nave mi attendeva una bella, nel senso di brutta, sorpresa.

CAP. 11

Lì per lì pensai che ci fosse stato un ammutinamento perché George era legato come un salame e i marinai sembravano padroni assoluti del campo. Di Lorelai nessuna traccia. Mentre uscivo dallo scafandro come una farfalla esce dal bozzolo, uno dei marinai mi venne incontro ed io mi preparai allo scontro. Ma inaspettatamente il brutto ceffo mi tese la mano dicendo:
- Non si agiti, siamo tutti agenti dell'Interpol e finalmente abbiamo acciuffato uno dei peggiori ladri di reperti storici del mondo. -

- Chi, George? -

- Proprio lui, guardi qua. - mi disse porgendomi un foglio con la foto di George con scritto sotto "ricercato per furto e contrabbando di opere d'arte".

George ammise: - E va bene, però loro non sono degli agenti, ma dei pirati! -

Senza saperlo eravamo dunque in ottima compagnia, sia da un lato che dall'altro.

- Non vorrà prestar fede a quel delinquente. - mi disse il brutto ceffo elargendomi un sorriso mezzo sdentato, poi notando il secchiello che avevo in mano aggiunse: - Vedo che ha trovato qualcosa d'interessante laggiù. Prego, faccia vedere. -

- Non dargli niente! - gridò Gorge.

- Stai zitto o ti butto in mare! - lo ammonì il marinaio.

- Se non fossi legato ti farei vedere io! -

- Vorrei proprio vedere! Noi siamo cinque e tu uno solo! -

- Ma valgo come dieci di voi! -

- Bum! -

- Prima mi avete colto di sorpresa, altrimenti... -

- Se non stai zitto ti taglio il naso! -

Raramente avevo assistito a una conversazione di così alto livello, però poteva anche bastare perciò la interruppi e chiesi: - Dov'è Lorelai? -

- Quell'oca non la smetteva più di starnazzare - mi rispose il pirata - perciò l'abbiamo chiusa nella stiva. Ma forse si sente sola, è ora che tu vada a farle un po' di compagnia. -

I cinque pirati si gettarono su di me, ma io mi trasformai rapidamente nel mostro Grunz dal folto pelo e i denti aguzzi e un attimo dopo erano già stati tutti sbarcati, o meglio catapultati, su quell'isolotto di origine vulcanica accanto al quale ci trovavamo.

Per farmi passare il mal di testa che sempre mi veniva dopo essermi trasformato nel mostro Grunz battei ripetutamente la testa contro il fumaiolo della nave, poi feci uscire Lorelai dalla cambusa. Era alquanto irritata.

- Bell'idea lasciarmi da sola sulla nave insieme a una masnada di delinquenti! Mentre tu ti divertivi a fare il bagno, io ho dovuto affrontare tutti questi trogloditi! Sono riuscita a tirare qualche schiaffo in qua e in là, ma erano in troppi. E poi anche George è un filibustiere! -

- Lo so, lo so. - le dissi e poi per calmarla le mostrai il secchiello con i gioielli.

Non so se brillavano più le pietre preziose o i suoi occhi.

- Sono bellissimi! - disse - Allora il tesoro era lì? -

- Quale tesoro? - domandò George che era sempre lì legato. Ci eravamo completamente scordati di lui.

- Questo. - mi affrettai a dire mostrandogli il secchiello. Non volevo che capisse che ci poteva essere qualcos'altro oltre a quello, però non ero del tutto sicuro che se la fosse bevuta.

Ora che sapevo chi era veramente, lo vedevo con altri occhi. Non mi pareva più il professorino colto e un po' ingenuo che mi era sembrato all'inizio, ma un infido ladrone pronto a sfilarti la seggiola da sotto. Cominciavo persino a dubitare che Cleopatra avesse mai fatto la spesa in bicicletta o che Napoleone fosse davvero un appassionato giocatore di Risiko.

A un tratto e del tutto inaspettatamente George disse: - Voi credete di sapere chi sono, ma vi sbagliate. Il mio nome è Lor W.G. Krewystoz, dove W sta per Westejrol e G per Gugj. -

Visto che non aggiungeva altro gli chiesi: - E allora? -

- Sono un extraterrestre. -

Io e Lorelai ci guardammo, poi lei esclamò: - Te l'avevo detto che il tassista aveva ragione! -

- Non crederai anche a questo, adesso! - replicai.

- Non si tratta di credere. - affermò George, o forse Lor - Te lo posso dimostrare. Toccami il naso. -

- Perché dovrei farlo? -

- Se mi tocchi il naso posso leggerti nel pensiero. -

- Uh, che bello! - esclamò Lorelai - Posso toccarglielo io? - e senza aspettare una risposta posò un dito sul suo naso. Avrei voluto dirle di non farlo, che poteva essere un trucco, ma non me ne dette il tempo.

George, o Lor, chiuse gli occhi e disse: - Tu abiti insieme a lui in una grande e antica casa davanti a un ampio parco pubblico in cui nelle notti di luna piena si aggira un lupo mannaro. -

- È incredibile! - esclamò Lorelai.

- Vedo che ti sei documentato. - dissi io.

Senza lasciarsi distrarre dai nostri commenti, George, o probabilmente Lor, continuò: - Quando siete a casa fate a turno a preparare la cena, ma tu non sei molto brava a cucinare e così a volte compri qualcosa di già pronto e poi lo porti in tavola come se l'avessi fatto tu. -

- Ah si? - feci io mentre gli angoli della bocca

di Lorelai si piegavano leggermente verso il basso.

- Voi due siete molto uniti, al punto che posso persino leggere attraverso di te alcune informazioni riguardanti il tuo compagno. A volte la sera lui scende in cantina dicendo che va a meditare ma in realtà… -

- Va bene, va bene, basta così. - lo interruppi - Ci hai convinti. -

- Proprio ora che stava per dire qualcosa d'interessante! - protestò Lorelai.

- Sono caduto sul vostro pianeta più di quattrocento anni fa e per andarmene ho bisogno di una pietra viola che credo sia nascosta in quel secchiello, in mezzo ai gioielli. -

Una rapida indagine dimostrò l'esattezza di quanto diceva. La pietra viola c'era davvero ed era più grande e luminosa di tutte le altre.

- E adesso cosa facciamo? - gli chiesi e poi dato che era ancora legato come un salame, aggiunsi: - Aspetta che ti slego. -

- Non importa. Prendi un martello e rompi quella pietra, qui davanti a me. -

Trovai il martello e con quello tirai un colpo secco sulla pietra che si disintegrò sprigionando un lampo di luce accecante. Quando dopo alcuni secondi ricominciammo a vedere qualcosa, ci accorgemmo che Lor era sparito e con lui anche il secchiello con i gioielli. L'unica cosa che era rimasta erano le funi che lo tenevano legato, sciolte in terra.

Di nuovo io e Lorelai ci guardammo stupiti.

Imparammo così a nostre spese che si può benissimo essere un extraterrestre e un ladro allo stesso tempo. Ma tutto questo passò subito in secondo piano, perché la rottura della pietra aveva prodotto su di noi uno strano effetto collaterale, trasformandoci in due scimmiette.

CAP. 12

Rimanemmo in quelle condizioni per quasi una settimana e devo ammettere che fu molto divertente. La nave era grande e costituiva per noi un considerevole campo di giochi anche se una foresta tropicale sarebbe stata certamente molto più adatta. Ma si sa, nella vita il segreto è sapersi accontentare e godere di quel che si ha.

Quando riprendemmo le nostre normali sembianze eravamo tutti sporchi e scarruffati ma contenti. Bisogna dire che le scimmiette sanno proprio come divertirsi.

Avevamo perduto i vestiti, perciò la prima cosa che sentimmo quando riacquistammo il nostro aspetto, fu un gran freddo, prima di tutto perché non eravamo più ricoperti di pelliccia e poi perché la nave aveva continuato a viaggiare per conto suo ed era andata a finire in mezzo ai ghiacci.

Ci rivestimmo e rimanemmo un po' seduti immobili a guardare tutta quella neve e quel ghiaccio in mezzo a cui la nave passava.

Ci volle un po' di tempo perché la nostra

mente raziocinante riacquistasse il controllo ma alla fine tornammo ad essere due persone 'civili' e a quel punto mi ricordai della nostra caccia al tesoro e del biglietto che avevo trovato in fondo al mare e che ancora non avevamo letto.

Lo estrassi dalla bottiglietta e lo lessi insieme a Lorelai. Diceva:

Eccoti qua, bravo davvero.
Rallegramenti, sono sincero.
Or devi andare se ben ricord,
proprio nel centro del Polo Nord.
Se lo raggiungi, ci vuol coraggio,
vi troverai un altro messaggio.

- Incrocia le dita Lorelai, - dissi - speriamo che questo sia il Polo Nord e non Il Polo Sud. -

- Dimentichi questa. - mi rispose sorridendo e tirando fuori la codina di ramarro blu del deserto.

Era proprio il caso che quel portafortuna funzionasse in fretta, perché stava calando la notte e con essa anche la temperatura. Andai a guardare il termometro nella cabina di pilotaggio ed eravamo già a meno venti. Mi tornò in mente quella volta che rimasi chiuso nella cella frigorifera dell'hotel Miramare di Madrid. Per essere più precisi mi ci avevano rinchiuso i proprietari dell'albergo, le persone più permalose che abbia mai conosciuto. Si erano offesi perché avevo criticato il nome del loro hotel poiché da nessuna delle sue finestre si vedeva assolutamente alcun mare. Comunque peggio per loro perché trasformatomi nel mostro Grunz dal folto pelo e i denti aguzzi, gli divelsi il portellone della cella frigorifera e fuggii nella notte portandomelo via.

Adesso però era diverso. Non potevo risolvere la situazione trasformandomi perché nessuno ci stava aggredendo o facendo un torto.

Era necessario trovare al più presto una soluzione perché l'acqua gelida del mare si stava solidificando intorno alla nave e di lì a poco saremmo rimasti incastrati nel ghiaccio. Con tutto ciò, una notizia positiva c'era e cioè che la codina di tarantola blu del deserto aveva fatto il suo dovere ed eravamo davvero al Polo Nord. Lo capii guardando le stelle, perché vidi che Orione si congiungeva con Venere, nascevano i Gemelli che andavano dal Sagittario sul Carro trainato dal Toro. Fortuna che avevo fatto quel corso di astrologia presso l'università di astronomia, così di notte sapevo orientarmi piuttosto bene.

Il freddo ci stava attanagliando. Anche abbracciandoci stretti stretti non riuscivamo a produrre il calore necessario. Eravamo come due ghiaccioli messi uno accanto all'altro dentro il freezer. Bisognava darsi da fare. Mi misi a ispezionare la nave e scoprii che in fondo alla stiva c'era una montagna di carbone, così prendemmo tutto quel combustibile e lo accatastammo a prua, sottocoperta. Fu un lavoro massacrante al termine del quale eravamo tutti sudati e accaldati. Ma il freddo era in agguato perciò dopo aver aperto un foro nel ponte per far uscire il fumo, mi affrettai ad accendere il carbone. Non fu una cosa semplice perché non avevamo né fiammiferi né accendino. Non ne portavo più con me da quando avevo smesso di fumare anni addietro. Prima invece avevo fumato come un turco. Avevo preso il vizio per colpa del mio vicino di casa, un discendente degli Apache col quale litigavo spesso perché tirava le frecce nel mio giardino. Ogni volta che poi ci riconciliavamo dovevo fumare con lui per un pomeriggio intero il calumet della pace.

Fatto sta che ora non avevamo niente per accendere il carbone. Riuscii però lo stesso a farlo evocando il fuoco sacro del dio Agni con un rito che mi aveva insegnato il mio insegnante induista di religione alle elementari.

La nave si trasformò così nella sua parte anteriore in un'enorme stufa in grado di procedere in mezzo al ghiaccio sciogliendolo. Era uno spettacolo bellissimo vedere il davanti della nave rifulgere incandescente nel buio della notte e il ghiaccio sciogliersi e l'acqua ribollire al suo contatto. Approfittammo anche noi di quel calore e ci addormentammo come due gatti acciambellati davanti a un grande caminetto acceso. Dormimmo sonoramente perché eravamo reduci dalle nostre follie scimmiesche e dalla sfacchinata del carbone. Un brusco risveglio ci attendeva però poco prima dell'alba. La nave infatti, nonostante stesse procedendo ormai da giorni per conto suo senza alcuna guida, non aveva ancora imparato a scansare gli ostacoli da sola e così andò a sbattere contro un enorme palo che fuoriusciva dalla banchisa polare. Era un pilone mastodontico, a strisce bianche e rosse a spirale come le insegne dei barbieri. Aveva un diametro di almeno cento metri ed era alto almeno cinque volte tanto. Capii subito di cosa si trattava, era l'asse terrestre intorno al quale il nostro pianeta gira su se stesso. Ciò voleva dire che ci trovavamo esattamente al centro del Polo Nord, proprio dove Buck il guercio diceva di andare a cercare il suo messaggio. Saltammo tutti contenti giù dalla nave ed iniziammo a girare intorno a quell'enorme pilastro finché non trovammo ciò che cercavamo. Il quarto biglietto della nostra caccia al tesoro era lì appuntato con un chiodo mezzo arrugginito ed era completamente ghiacciato e irrigidito dal freddo come una sogliola surgelata.

CAP. 13

Lorelai esclamò: - Presto, stacchiamolo! - ma la fermai dicendo: - Aspetta, non lo toccare! Prima leggiamolo. -

E così attraverso il velo di ghiaccio che lo ricopriva leggemmo:

Qui senza dubbio fa un freddo cane,
son certo meglio le spiagge hawaiane.
Là dove regna un clima beato
c'è un vecchio tempio un po' diroccato
intitolato al dio Perepè,
sotto l'altare c'è posta per te.

- Cosa ne dici? - chiesi a Lorelai.

- Non è proprio qui dietro l'angolo ma almeno è un posto caldo. Ho i piedi congelati. -

Tentai di staccare il biglietto, ma era completamente ghiacciato e mi si frantumò tra le dita. Fortuna che l'avevamo già letto.

- Torniamo alla nave? - propose Lorelai.

- Sì però non so se potrà navigare ancora dopo la botta che ha preso. -

Avendo già percorso tre quarti del giro intorno al palo dell'asse terrestre, proseguimmo nella stessa direzione per tornare al punto di partenza. Dopo appena una ventina di passi trovammo però qualcosa di inaspettato. Nella parete del palo c'era una porticina con tanto di campanello. Lo suonai ma nessuno venne ad aprire. Lo suonai di nuovo ma la porta rimase chiusa.

- Non c'è nessuno. - dissi.

- Lascia provare me. - replicò Lorelai - Tu sei troppo educato. - e si attaccò al campanello per un quarto d'ora.

Finalmente la porta si aprì e apparve sull'uscio un uomo grande e grosso con una lunga e folta barba nera, in pigiama e con le ciabatte ai piedi.

- Chi è che suona a quest'ora in un modo tanto incivile? - esclamò con un vocione da baritono - Possibile che non si possa stare in pace nemmeno qui al Polo? -

- Ci scusi, - cinguettò Lorelai sfoderando uno dei sui sorrisi più accattivanti - non ci eravamo resi conto di quanto fosse presto. È che la nostra nave è mezza affondata, qua fuori fa un freddo cane e noi dobbiamo andare alle Hawaii. -

Se c'era una dote che Lorelai possedeva era la capacità di sintesi, una sintesi però talmente sintetica che a volte spiazzava completamente il suo interlocutore.

L'omone barbuto chiese infatti meravigliato:
- Alle Hawaii? -

- Sì, quelle bellissime isole nell'Oceano Paci-fi- co... -

- Lo so dove sono le Hawaii! - esclamò l'uomo e poi tacque imbronciato cercando probabilmente di riordinare le idee.

- Senta, che ne dice di farci entrare e di offrirci un tè caldo? - propose Lorelai rinforzando ancora di più il suo sorriso e portandolo così ad una luminosità tale da rendere necessario l'uso di occhiali da sole. La rigida corazza di scontrosità dell'omone barbuto iniziò ad incrinarsi. Sfido io, negli ultimi mesi non doveva aver visto altro che musi baffuti di foche e trichechi affacciarsi alla sua porta, nonché sbiaditi orsi polari vagare come fantasmi su e giù per la banchisa. Secondo me invece di far tanto il sostenuto avrebbe dovuto fare salti di gioia nel trovarsi di fronte una bella ragazza bionda e sorridente che lo pregava di farla entrare in casa sua. È vero che la mia presenza poteva non essergli altrettanto gradita, ma si sa, purtroppo la perfezione non è di questo mondo.

Finalmente si decise e ci fece entrare. Facemmo così il nostro ingresso in un'ampia stanza pluriuso ben illuminata, ben arredata e soprattutto ben riscaldata. In mezzo un grande tavolo con le seggiole, in fondo un letto disfatto e l'angolo cucina, sulla sinistra un'ampia e ben fornita libreria con davanti una grande scrivania e sulla destra un bel divano, un tavolino e due poltrone. Io mi sprofondai subito in una di queste mentre Lorelai si offrì di preparare il tè.

Il nostro ospite si sedette sull'altra poltrona e si mise a scrutarmi da sotto le sue folte sopracciglia. Non potei fare a meno di notare la sua impressionante somiglianza con un tricheco, a parte la barba. Dopo poco giunse Lorelai con tutto l'armamentario per il tè posto su un vassoio. Come avesse fatto a trovare tutte quelle cose era un mistero, ma non me ne meravigliai eccessivamente perché era una sua caratteristica quella di sapersi muovere in un ambiente nuovo come se fosse a casa sua. Posò il vassoio sul tavolino, si sedette sul divano e mentre versava il tè nelle tazze, chiese al nostro anfitrione: - Cosa fa di bello qui, tutto solo soletto? -

- Forse avrete già sentito parlare di me, - ci disse mentre sorseggiavamo la calda e aromatica bevanda - mi chiamo Rodric. -

- È forse un giocatore di calcio? O di basket? - azzardò Lorelai che non si intendeva né di calcio né di basket. Come avesse fatto poi ad immaginarsi quell'omaccione nell'atto di fare un goal o un canestro era un mistero.

Ferito nell'orgoglio dal nostro mancato riconoscimento, disse seccato: - Sono un famoso scrittore e vengo qui per potermi concentrare senza essere disturbato. -

- Oh, quindi l'abbiamo disturbato, poverino. Siamo davvero mortificati. E cosa sta scrivendo di bello? -

Lorelai aveva un po' l'aria di prenderlo in giro, ma forse era solo una mia impressione.

- Sto scrivendo la storia di un mio antenato, il pirata Will lo zoppo, delle sue mirabolanti imprese e della sua interminabile contesa con il suo acerrimo nemico Buck il Guercio, quel lurido figlio di un pescecane! -

CAP. 14

Questo era veramente il colmo! Ero giunto fino al Polo Nord per sentire insultare un mio antenato, un membro della mia famiglia che pur non avendo io avuto il piacere di conoscere direttamente, meritava di sicuro maggior rispetto di quello che il barbuto Rodric gli stava tributando. Stavo per reagire in maniera adeguata quando realizzai che in fondo gli squali erano animali stupendi e quindi essere chiamato figlio di un pescecane non era poi un'offesa così terribile, perciò decisi di lasciar correre.

Lorelai invece si era incuriosita e chiese: - Come mai questa rivalità? -

- Erano tutti e due pirati, perciò si facevano concorrenza. A volte decidevano di abbordare la stessa nave oppure progettavano di rapire la stessa nobildonna e allora s'intralciavano a vicenda. Per di più si erano innamorati tutti e due della stessa donzella. -

- Niente di speciale. - commentai - Tutte cose di normale amministrazione, tra pirati. -

- Verissimo, - ammise Rodric - ma il patatrac accadde quando quello stupido di Buck il guercio, da vecchio, ebbe la bella idea di regalare tutto il bottino che aveva accumulato negli anni a un'imbrogliona, una certa contessa Elena Freghieri di Arraffarraffa per far costruire un ospizio per vecchi pirati in pensione. -

La notizia era esatta.

- Invece il mio antenato che non era altrettanto scemo, da bravo pirata seppellì il suo tesoro in un'isola delle Antille. -

- Mi fa piacere per lei. - affermai - Quindi adesso non le rimane che galoppare fin lì e recuperare il forziere o quel che è. -

- Questa era infatti la mia intenzione - disse Rodric digrignando i denti - finché non ho scoperto leggendo il diario del mio antenato, che Buck il guercio, accortosi di aver perso tutto il suo bottino, seguì di nascosto Will lo zoppo, disseppellì il suo tesoro e se lo prese. -

Seguì un attimo di silenzio, poi chiesi: - Le prove? -

- Cosa? -

- Non ci sono le prove. Lei naturalmente prende per oro colato tutto ciò che racconta il suo antenato, ma in qualsiasi tribunale che si rispetti un'accusa così grave deve essere sostenuta da prove più che convincenti. -

- Lei è un avvocato? -

Risposi di no anche se sulle isole Boga-Boga mi era capitato di difendere con successo davanti allo stregone e al tribunale della tribù la giovane Luana accusata di aver sedotto con arti magiche il figlio del capo.

- No, non sono un avvocato, ma ciò non mi impedisce di ragionare. Andiamo con ordine. Il suo antenato si lamenta perché questo Buck il guercio gli avrebbe sottratto il suo tesoro, giusto? -

- Certo! -

- Ebbene, questo tesoro come l'aveva accumulato Will lo zoppo? Guadagnandolo onestamente col sudore della fronte? Evidentemente no. L'aveva rubato a sua volta a qualcun altro. Perciò non vedo dove sia il problema. Lei ha mai giocato a rubamazzo? Durante la partita può rubare il mazzo a questo e a quello, ma se alla fine, all'ultima mossa, qualcuno le soffia il suo, c'è poco da protestare. Sono le regole del gioco. -

Con questo ineccepibile discorso avevo sicuramente contrariato Rodric ma avevo suscitato l'ammirazione di Lorelai che adorava sentirmi imbastire argomentazioni così sagaci.

- Vedo che lei fa il tifo per Buck il guercio - disse Rodric - e mi domando come mai. Comincio a sospettare che abbia qualche interesse personale in questa faccenda. Ancora non mi avete detto cosa ci facevate qua fuori. Siete forse venuti fin qui per spiarmi? -

- Caro Rodric, - replicai - il pensare, completamente a sproposito come fa lei, di essere spiati non è certo un buon segno. Evidentemente stare troppo tempo qui da solo non ha giovato al suo equilibrio mentale. Comunque non si preoccupi, queste forme di manie di persecuzione, se prese all'inizio, si curano benissimo. Il mio discorso era ovviamente puramente filosofico. Per quanto mi riguarda, sarei felicissimo se lei potesse trovare il suo tesoro e andarselo a spendere in gelati, ghiaccioli o in ciò che più le piace, ma visto quello che ci ha raccontato, la cosa non mi sembra purtroppo molto probabile. -

- Non mi avete ancora detto cosa ci facevate qua fuori. - insistette Rodric.

Intervenne Lorelai: - Lo vuole proprio sapere? Siamo due sposini in luna di miele. Avevamo noleggiato una nave ma poi un fulmine ci ha colpito la bussola, il capitano ci ha abbandonati, una balena ci ha rotto il timone, ci siamo addormentati e così eccoci qua. E adesso che è tutto chiarito si può mettere su un po' di musica? -

Lorelai era fatta così, non sopportava le persone noiose e Rodric con le sue domande l'aveva stufata. Quando si trovava in queste situazioni si sentiva soffocare e allora improvvisava qualcosa per uscirne al più presto, una cosa qualsiasi che le permettesse di tornare quanto prima a respirare un po' d'aria fresca, senza curarsi se la soluzione che aveva trovato fosse qualcosa di logico oppure no.

Come c'era da aspettarsi, la sua risposta non soddisfò minimamente il barbuto scrittore che chiese: - Mi state prendendo in giro? -

Non trovai niente di meglio che riprendere il mio discorso di prima: - Ecco riaffacciarsi la sua insana mania di persecuzione. Il problema è che qualsiasi cosa noi possiamo dirle, ad esempio che eravamo lì fuori a prendere il fresco, oppure che ci eravamo persi durante una gita aziendale o che eravamo venuti a sciare da queste parti e stavamo aspettando l'autobus per tornare a casa, lei non ci crederebbe mai. La sua mente obnubilata le fa scorgere sempre nemici e minacce da tutte le parti. -

Per un attimo ebbi il timore di aver esagerato con quell' 'obnubilata' e che Rodric stavolta si arrabbiasse davvero, ma per fortuna mantenne la calma. Sebbene avesse l'aspetto di un tipo collerico, dimostrava di saper incassare bene le provocazioni. La prolungata solitudine del suo volontario ritiro, contrariamente a quanto cercavo di fargli credere, aveva probabilmente avuto un'influenza positiva sul suo carattere.

- E invece caro signore, - replicò - lei si sbaglia di grosso. -

Mi faceva sempre uno strano effetto essere chiamato 'caro signore'.

- Se mi aveste detto che stavate aspettando l'autobus vi avrei creduto, perché si ferma tutte le mattine proprio qui davanti. Anzi, credo che stia passando proprio ora. -

Io e Lorelai ci guardammo e poi da perfetti maleducati ci alzammo e senza neanche salutare ci precipitammo fuori dove riuscimmo prendere al volo l'inatteso mezzo pubblico che già stava chiudendo le porte, pronto a ripartire.

CAP. 15

Non era un autobus come quelli ai quali eravamo abituati. Era più lungo e snodato, una specie di trenino, e al posto delle ruote aveva i cingoli. Contrariamente a quanto ci si poteva aspettare, era piuttosto affollato di uomini e donne impellicciati e incappucciati. A prima vista sembravano eschimesi e in effetti lo erano. Ce ne accorgemmo alle fermate successive vedendo che l'autobus li raccoglieva passando in mezzo ai loro igloo. La cosa strana era che le persone continuavano a salire ma nessuno scendeva mai. Chiedemmo spiegazioni e ci venne detto che quello era il pullman che portava gli operai alla grande fabbrica di Fridgepot. A noi tutto sommato andava bene, da lì avremmo trovato un mezzo per proseguire.

Per fortuna dentro l'autobus non faceva freddo perciò il viaggio fu abbastanza piacevole a parte alcune brusche sterzate che il conducente era costretto a fare ogni tanto per evitare qualche foca o qualche tricheco. Erano manovre a cui gli altri passeggeri parevano abituati ma che mandarono diverse volte noi poveri inesperti a gambe all'aria. Per la maggior parte del tempo però il viaggio filò liscio e senza scosse attraverso il bianco paesaggio polare.

Rimanemmo per un po' in silenzio, poi Lorelai disse: - Certo che combinazione capitare proprio a casa del pronipote del pirata a cui il tuo antenato aveva rubato il tesoro. -

Non risposi perché ero intento a guardare dal finestrino un paio di orsi polari che correvano a fianco dell'autobus come fanno a volte i cani dalle nostre parti. Però questi almeno non abbaiavano.

- Rodric non era molto simpatico, vero? - continuò Lorelai, ma anche stavolta non la sentii perché stavo guardando incuriosito un ragazzo e una ragazza eschimesi che si baciavano alla loro maniera, strusciando i nasi tra loro. Stavo pensando che forse facevano così per riscaldarseli.

- Era un tipo così sospettoso! - proseguì - E poi la sua conversazione era noiosissima, una vera barba, non è vero piccioncino? -

Ma io ero ancora distratto perché stavo osservando in lontananza un pezzo di ghiacciaio che si staccava dal bordo della banchisa.

Lorelai allora si spazientì, mi voltò le spalle e disse: - Era noiosissima, ma sempre migliore della tua! -

- Della mia che cosa? - le chiesi ma non mi volle più parlare per tutto il resto del viaggio.
Finalmente il pullman giunse a destinazione, oltrepassò i cancelli della fabbrica e si andò a

fermare nel grande piazzale interno. Tutti i passeggeri scesero avviandosi al proprio lavoro e a bordo rimanemmo solo noi, ancora seduti ai nostri posti.

- Sarà meglio muoversi. - suggerii ma improvvisamente fecero irruzione sull'autobus cinque guardie con i cani e le pistole spianate che ci ordinarono di scendere.

Provai a far loro notare che era proprio ciò che stavamo per fare, ma mi intimarono di tacere. Il sangue iniziava già a ribollirmi ma non abbastanza da operare in me la trasformazione nel mostro Grunz dal folto pelo e i denti aguzzi. C'eravamo però molto vicini perciò feci un leggero ma significativo ringhio in direzione dei cani che subito cambiarono atteggiamento indietreggiando intimoriti con la coda tra le gambe.

Le guardie ci fecero salire fino al quinto piano dell'edificio più alto, portandoci direttamente nell'ufficio del proprietario della fabbrica. Dalla targa affissa fuori della sua porta apprendemmo che si trattava di un certo Philippe Crapòn, evidentemente un francese.

Il suo era un ufficio veramente esagerato, ampio almeno due volte lo stanzone di Rodric, con bei tappeti in terra, bei quadri alle pareti, bei mobili, belle poltrone, bei divani e una finestra grande quanto tutta una parete da cui si poteva ammirare un panorama mozzafiato.

- E voi chi sareste, terroristi? agitatori? spie? - chiese Philippe Crapòn alzandosi dalla sua scrivania e venendoci incontro non per cortesia ma solo per vederci meglio - Che idea patetica la vostra di penetrare qui col pullman degli operai! -

- Crapòn di nome di fatto. - replicai - Non so come faccia a mandare avanti questa baracca se non sa neanche riconoscere gli amici dai nemici. -

- E così voi sareste miei amici. - disse guardandomi con un sorrisetto ironico.

- Non ho detto questo e neppure ci tengo. Era solo un modo di dire ma vedo che a lei bisogna spiegare proprio tutto. Non crede che se ci fossimo voluti confondere con gli operai ci saremmo vestiti come loro e saremmo scesi insieme a loro? Non bisogna essere Sherlock Holmes per capirlo. E poi non crede che sarebbe meglio se si tagliasse quel ridicolo pizzetto? -

Philippe Crapòn rimase un attimo interdetto poi chiese: - Mi sta così male? -

Intervenne Lorelai: - Non gli dia retta. Se vuole un giudizio femminile, le sta benissimo. Però se fossi in lei mi farei crescere anche i baffi, stile D'Artagnan. -

- Stile D'Artagnan dice? - chiese fermandosi un attimo a meditare su quell'inaspettato suggerimento, poi aggiunse: - E voi due allora chi sareste? -

- Due persone certamente più educate di lei, - gli rispose Lorelai - che non avrebbero mai accolto due turisti in un modo così scortese. Ma forse è colpa del freddo del Polo Nord che fa diventare tutti così sgarbati e sospettosi. -

Con due paroline ben azzeccate era riuscita ad ammansire quasi del tutto l'arrogante francese.

- Due turisti quindi. - disse Philippe Crapòn cui ancora rimaneva qualche dubbio - E come siete arrivati fin qui? -

- Su una nave, che però è naufragata. - risposi.

- E solo voi due vi siete salvati? -

- Il fatto è che George - gli spiegò Lorelai - era in realtà un extraterrestre, perciò quando abbiamo rotto la pietra viola ci siamo trasformati in due scimmiette. Quando poi siamo tornati normali eravamo tutti nudi, così abbiamo trasformato la nave in una specie di stufona che fondeva il ghiaccio, ma poi ci siamo addormentati e siamo andati a sbattere contro l'asse terrestre e perciò la nave è affondata. -

Io avevo sorvolato su tutti quei particolari per non mettere a repentaglio la nostra credibilità, ma ancora una volta la candida sincerità di Lorelai ebbe un risultato migliore di qualsiasi tatticismo. Dopo un attimo di silenzio Philippe Crapòn si mise a ridere ed esclamò: - Ma sì, vi voglio credere! Siete proprio due tipi simpatici. Non mi capita spesso di avere dei visitatori. Volete visitare la mia fabbrica? -

- Volentieri. - rispose Lorelai sorridendo.

Mentre scendevamo con l'ascensore domandai: - Che cosa producete qui? -

- Che cosa si può produrre al Polo Nord? - rispose Crapòn - Cubetti di ghiaccio! -

74

- Che cosa si può produrre al Polo Nord? - rispose Crapòn - Cubetti di ghiaccio! -

CAP. 16

È incredibile come certa gente abbia il bernoccolo per gli affari così sviluppato da vedere ovunque un'occasione di guadagno. Per me quei suggestivi paesaggi polari erano soltanto uno stupendo panorama da ammirare in silenzio e non mi sarebbe mai venuto in mente di frantumare quelle bellissime montagne candide e splendenti per ridurle in tanti cubetti di ghiaccio. Questa idea era invece venuta in mente a monsieur Crapòn il quale ci mostrò pieno d'orgoglio come i suoi operai le affettavano e le riaffettavano in lungo e in largo. A metà del nostro giro mi chiese: - Le piacerebbe fermarsi a lavorare qui da me? Avrei giusto bisogno di una persona fidata per dirigere il reparto conteggio. -

- Conteggio di che cosa? - domandai.

- Dei cubetti di ghiaccio naturalmente. -

Domanda stupida in effetti.

Mi chiedevo come gli fosse saltato in mente di farmi una proposta così agghiacciante, in tutti i sensi. Non riuscivo neanche a capire perché mai mi considerasse una persona fidata.

Per quanto ne sapeva lui, potevo benissimo aver ucciso sua nonna la settimana prima. Pensai che forse era stato troppo lì al Polo e gli si era congelato il cervello. Lo ringraziai ma declinai l'offerta.

Crapòn ci portò quindi a vedere l'eliporto. Da qui partivano i cubetti di ghiaccio per essere trasportati in tutto il mondo. Era un viavai continuo di elicotteri che partivano carichi della loro fredda mercanzia per tornare poi vuoti per essere di nuovo riempiti.

Subito intravidi la possibilità di scroccare un passaggio ma Lorelai fu più veloce di me.

- Ce n'è uno che va alle Hawaii? - chiese - Potrebbe darci uno strappo fin lì? -

- Siete fortunati. - rispose Crapòn - Di solito gli elicotteri sono strapieni di ghiaccio e non c'è posto per altri passeggeri, ma il carico per le Hawaii è costituito da un solo cubetto perciò c'è posto in abbondanza. -

- Un solo cubetto? - feci meravigliato.

- Sì, è per un miliardario americano che se lo fa portare tutti i giorni per raffreddare il suo whisky. In effetti gli viene a costare un po' caro ma lui se lo può permettere. -

- Passerotto, - mi chiese Lorelai con una vocina suadente - quando torniamo a casa ce lo facciamo portare anche noi un cubetto di ghiaccio dal Polo Nord? -

Pensai che l'avesse detto per impressionare monsieur Crapòn, per fargli credere che anche noi eravamo dei ricconi, ma poi capii dalla sua espressione che l'aveva chiesto sul serio. Non era la prima volta che capitava, il suo desiderio aveva varcato la soglia della sua bocca un attimo prima di passare al vaglio del cervello. Così le suggerii: - Mettitene subito un paio in tasca, così non c'è più bisogno di farceli mandare. -

Crapòn da bravo commerciante ci chiese un compenso per il passaggio alle Hawaii, ma io gli raccontai che Lorelai era una famosa estetista truccatrice di attrici e attori famosi e che il consiglio che gli aveva dato di farsi crescere i baffi alla D'Artagnan valeva molto più del nostro viaggio in elicottero. Vidi che storceva un po' il naso e allora gli promisi anche che avrei parlato del suo ghiaccio a mio cugino Oscar che era direttore di un'importante fabbrica di ghiaccioli nel sud-est asiatico.

Come con un pittore si parla in genere di dipinti e con un concertista di musica, così per suscitare l'interesse di un imprenditore bisogna sempre prospettargli qualche allettante prospettiva di profitto.

Finalmente convinto, Philippe Crapòn ci dette la sua benedizione e potemmo salire su quell'elicottero che era praticamente vuoto dato che tutto il suo carico era costituito da un unico cubetto di ghiaccio custodito in un piccolo frigorifero.

Una volta partiti Lorelai disse: - Il Polo è bello ma un po' troppo freddo per i miei gusti. -

- Non lo dica a me signorina. - rispose inaspettatamente il pilota dell'elicottero, che era un uomo di colore - Io prima vivevo all'equatore ma soffrivo talmente il caldo che decisi di spostarmi più a nord. Però forse ho esagerato. -

- Direi. - disse Lorelai - Più a nord di così... -

- Hai fatto un po' come mio cugino Amos - dissi - che avendo rischiato di morire di sete nel deserto, quando poi tornò a casa bevve così tanto che affogò. -

- Perché, non sapeva nuotare? - chiese il pilota, al che pensai che la conversazione poteva anche finire lì.

Quando atterrammo alle Hawaii fummo accolti festosamente da belle ragazze e baldi giovani nei loro tipici costumi. Ci misero ghirlande di fiori intorno al collo suonando l'ukulele e danzando l'hula, la loro danza tradizionale a cui Lorelai si unì immediatamente. Seguì un banchetto al quale partecipò anche il nostro pilota. Un'accoglienza davvero fantastica. Fantastica fino al momento in cui i nostri ospiti ci dissero che uno di noi avrebbe dovuto partecipare alla camminata sulla lava incandescente, un simpatico rito pensato probabilmente per comunicare ai nuovi arrivati tutto il calore della loro ospitalità.

Non appena saputo di questa richiesta, il nostro amico pilota sentì improvvisamente un'impellente nostalgia per i ghiacci del Polo. Ringraziò, salutò e se ne volò via come una libellula in fuga davanti a un rospo affamato. Rimanemmo perciò solo noi due e io non potevo certo chiedere a Lorelai di mettere a rischio i suoi piedini da Cenerentola. Tanto più che avevo già in mente un piano.

Ci recammo in processione nel luogo in cui i nostri amici hawaiani avevano preparato la "pista" di lava e per tutto il tragitto rimanemmo separati perché io dovevo stare nel gruppetto dei candidati alla camminata. Lorelai non smise un attimo di lanciarmi sguardi preoccupati che io contraccambiavo con cenni il più possibile rassicuranti. Giunti a destinazione mi sedetti da una parte, mi tolsi le scarpe e dissi agli altri di iniziare pure perché io dovevo prima massaggiarmi un po' le estremità inferiori per prepararle alla dura prova che le attendeva. In realtà mi stropicciai di nascosto sotto la pianta dei piedi il cubetto di ghiaccio che il pilota dell'elicottero mi aveva affidato in una speciale scatolina termica pregandomi di consegnarlo al miliardario americano. Me lo strofinai finché non si fu completamente sciolto e poi feci la mia corsa sulla lava ardente che a quel punto non mi fece altro che piacere riscaldandomi i piedi semicongelati. Tutti mi fecero le congratulazioni e anche Lorelai fu molto fiera di me. Mi schioccò un bel bacio dicendo che ero stato bravissimo e che quando tornavamo a casa dovevamo assolutamente rifarlo.

Dopo questa mia ennesima bravata mi procurai un cubetto di ghiaccio preso da un frigorifero qualsiasi, mi feci indicare la villa del miliardario americano e mi incamminai in quella direzione

insieme a Lorelai, dopo aver naturalmente sa-
lutato e ringraziato tutti quanti.

CAP. 17

Non avevo mai visto una villa simile, avrà avuto cento stanze e sembrava progettata da un architetto laureatosi al manicomio. Era un miscuglio tra un'astronave, un condominio, una portaerei e un centro commerciale. In parole povere era orribile, una pura e semplice ostentazione di ricchezza priva di qualsiasi buon gusto, che deturpava completamente il paesaggio circostante.

Lorelai non ci voleva mettere piede e mi disse: - Vai tu, io ti aspetto sulla spiaggia. - ma non fece in tempo ad allontanarsi perché il proprietario di quel baraccone uscì dalla porta d'ingresso e ci venne incontro su un monopattino a motore, lungo il vialetto asfaltato che serpeggiava in mezzo al curatissimo prato antistante la villa.

Era un ciccione e portava un cappellino di paglia in testa, gli occhiali da sole, un'ampia e sgargiante camicia a maniche corte, i bermuda e un paio di mocassini con i calzini bianchi. Non appena ci raggiunse saltò giù dal suo trabiccolo e ci porse la mano dicendo: - Caro principe, cara principessa, benvenuti nella mia umile dimora, sono Henry Bigmoney. Siete in ritardo, la festa è già iniziata. Avete avuto qualche difficoltà durante il viaggio? -

Principe? Principessa? Arguii che doveva essere il tipico arricchito che desiderava fare il suo ingresso nel mondo dell'aristocrazia e dava quindi sontuose feste invitando tutti quei nobili e nobilastri che riusciva a raccattare qua e là.

- Ci dev'essere un equivoco. - risposi - Siamo solo venuti a portarle il cubetto di ghiaccio… -

- Mio marito il principe - disse Lorelai interrompendomi - voleva dire che abbiamo perso tempo perché prima di venire qui abbiamo fatto un salto al Polo Nord per rinfrescarci un po' le idee e lì abbiamo incontrato monsieur Crapòn che ci ha chiesto il favore di portarle il suo cubetto di ghiaccio. Le chiediamo scusa per il ritardo. -

Sia io che il miliardario rimanemmo, ognuno per motivi suoi, meravigliati per questa sua uscita, poi l'americano fece: - Suo marito? Ma il principe Vladimir non è suo fratello? -

Quando si dice che le bugie hanno le gambe corte!

Ma Lorelai non fece una piega: - Mio fratello Vladimir non è potuto venire perché è rimasto a Mosca, così al suo posto è venuto mio marito, il principe Popòff. -

Principe Popoff? Se proprio doveva di inventare un nome per me, poteva almeno trovarne uno meno ridicolo.

Lorelai decise che era meglio tagliar corto e chiese con aria spazientita: - Vogliamo andare alla festa o vogliamo rimanere qui tutta la sera? E tu Popy, su, dai il cubetto di ghiaccio al signore. -

Ora ero diventato Popy, sembrava il nome di un cane. Comunque avevo capito benissimo che cos'era successo. Non appena Lorelai aveva sentito parlare di una festa aveva subito pensato alle danze e così non aveva esitato un solo istante ad inventarsi qualche frottola per potervisi imbucare.

Consegnai il cubetto di ghiaccio al miliardario che ringraziò dicendo: - Grazie, non dovevate disturbarvi. E adesso prego, principessa Irina, principe Popoff, se volete salite sul mio monopattino... -

- No grazie, andate pure avanti. - risposi - Vi raggiungeremo a piedi. -

Il corpulento americano rimontò allora sul suo trespolo e veleggiò in direzione della sua orribile villa e lì giunto si fermò ad aspettarci sull'ingresso. Ebbi così modo di scambiare due parole con Lorelai.

- Si può sapere cosa ti è saltato in testa? -

- Scusa piccioncino onestino, ma come potevamo perdere un'occasione simile?! -

Sarà, ma io l'avrei persa più che volentieri perché al contrario di Lorelai non amavo assolutamente le feste. Ormai però ero il principe Popòff, detto Popy, e non potevo più tirarmi indietro.

A volte mi veniva da pensare che senza Lorelai la mia vita sarebbe stata molto più semplice, ma probabilmente anche più noiosa.

Entrammo nella villa e l'attraversammo tutta da cima a fondo dato che la festa era sul retro, all'aperto. Passammo attraverso una serie infinita di sale, salette e saloni finché non sbucammo nell'ampio giardino posteriore dove, come mi ero immaginato, il nostro amico miliardario aveva radunato una nutrita mandria di rappresentanti del ceto nobile. Non che ce l'avessero scritto in fronte ma lo si capiva benissimo dai vestiti, dai gioielli, dalle uniformi, dalle medaglie e soprattutto dall'aria snob e il contegno altezzoso dei convitati. Nonostante fossimo stati presentati come la principessa Irina e il principe Popoff, anche noi venivamo guardati dall'alto in basso a causa del nostro abbigliamento poco aristocratico. Ci fu anche chi giunse a mettere in dubbio il nostro titolo e ci chiese: - Qual è la vostra casata? -

Prontamente come al solito Lorelai rispose: - Apparteniamo al ramo cadetto della famiglia dello zar Nicola II. Discendiamo direttamente dal nipote del cugino della suocera del buon vecchio Nicolino. -

Il solito fumo negli occhi. A volte mi veniva il sospetto che quella biondina fosse andata a lezione di mimetismo da qualche polpo sparainchiostro.

Il buffo in tutto questo è che io, pur annoverando tra i miei avi anche pirati, briganti e uomini politici, gente quindi della peggior risma, avevo però anche un antenato che nel XIV o XV secolo si era guadagnato il titolo visconte di Gattamelina tirando giù da un albero, e per la precisione da un melo, il gatto del re.

Comunque chi era veramente in difficoltà era mr.Bigmoney, il padrone di casa. Nonostante si desse un gran daffare per intrattenere i suoi ospiti, non riusciva ad infrangere quel muro di gelida alterigia che circondava quel mondo del quale sarebbe voluto entrare a far parte. È proprio vero che a volte sprechiamo il nostro tempo e la nostra energia per ottenere cose che valgono poco o niente.

Oltretutto il povero miliardario non aveva la minima idea di come fare per raggiungere il suo scopo. Aveva fatto venire dagli Stati Uniti una band di cowboy che suonava musica country e aveva organizzato una serie di giochi tra cui la corsa nei sacchi, il lancio del ferro di cavallo e il gioco dello sculaccione, intrattenimenti che non potevano certo soddisfare i gusti raffinati di persone abituate frequentare le corti di mezzo mondo e che avevano imparato a ballare il valzer ancor prima d'imparare a camminare.

Neppure il cibo e le bevande messi a disposizione sui tavoli erano molto appropriati. Hamburger, patatine fritte, popcorn e coca cola non erano certo il genere di foraggiamento da offrire a persone cresciute a caviale e champagne.

Persino Lorelai la cui unica nobiltà era quella d'animo, era rimasta delusa da quella festa nella quale aveva sperato di trovare una buona occasione per darsi alle danze.

Se da un lato era irritante vedere il povero mr. Bigmoney così bistrattato da quella cricca di snobboni, dall'altro non potevo fare a meno di scorgere anche il lato comico della situazione in cui si era cacciato. Lorelai invece si era veramente intenerita di fronte ai maldestri tentativi del povero miliardario di elevarsi socialmente e quando lo vide appartarsi e andarsi a sedere mesto su una panchina sul bordo del laghetto dei cigni, lo raggiunse e gli si sedette accanto. In situazioni come questa la sua nobiltà d'animo, l'unica nobiltà che abbia un valore, veniva sempre a galla.

Mi accorsi improvvisamente di avere fame, così andai a prendermi un'abbondante razione di patatine e popcorn. Mentre stavo tranquillamente sgranocchiando, notai un certo movimento tra le fila dei nobili di sesso maschile. Questi, abbandonate le proprie dame, si erano riuniti in un capannello e si erano messi a confabulare tra loro. Ogni tanto sbirciavano in direzione della panchina dove erano seduti mr.-Bigmoney e Lorelai e sogghignavano come una banda di iene in libera uscita. I nobilastri avevano deciso, dimenticando le antiche regole cavalleresche alle quali i fondatori delle loro casate avevano giurato fedeltà, di giocare un pessimo scherzo al loro anfitrione, palesando così tutto il dispregio che essi nutrivano nei confronti di chiunque non facesse parte della loro combriccola. Il loro errore più grande fu però quello di includere nei loro loschi progetti anche Lorelai e me.

Accadde tutto molto rapidamente. Vidi un drappello di blasonati partire in direzione di mr.Bigmoney e Lorelai e contemporaneamente mi sentii afferrare da dietro e spingere in avanti da un decina di mani. Pochi istanti dopo eravamo tutti e tre, mr.Bigmoney, Lorelai ed io, a mollo nel laghetto dei cigni.

Forse per quegli sprovveduti rampolli di nobili casate questa doveva essere solo una semplice goliardata della quale ridere in futuro quando fosse tornata loro in mente mentre se ne stavano al loro club o a qualche cena tra amici, ma c'era un piccolo particolare che non avevano considerato. Mi trasformai in un attimo nel mostro Grunz dal folto pelo e i denti aguzzi e li raggiunsi con un formidabile balzo. Dopodiché fu tutto un fuggifuggi generale. Duchi che correvano di qua, contesse che scappavano di là, marchesi che fuggivano di sopra, contesse che se la filavano di sotto, finché il campo non fu completamente sgombro ed io, Lorelai e mr.Bigmoney potemmo finalmente goderci in tutta tranquillità il resto della serata, a parte il mal di testa che come al solito mi veniva quando mi trasformavo nel mostro Grunz ma che mi feci rapidamente passare battendo come di consueto la testa nel muro.

CAP. 18

Grato per averlo liberato da quella "spregevole marmaglia"(così aveva iniziato a chiamare tutti gli appartenenti alla nobiltà, esclusi naturalmente noi due), Mr.Bigmoney ci invitò a rimanere ospiti da lui per qualche giorno e noi accettammo molto volentieri, perché così avremmo potuto dedicarci con la dovuta calma alla ricerca del tempio del dio Perepè, unico vero motivo per cui eravamo venuti alle Hawaii.
Sebbene il miliardario americano, che poi scoprimmo essere un magnate dei cappellini a forma di coniglio e dei pennarelli col fischietto, non aspirasse più a titoli aristocratici o cose simili, Lorelai si mise lo stesso in testa di volerlo un po' ingentilire. Io protestai dicendo che era un'impresa disperata che ci avrebbe fatto perdere un sacco tempo, ma lei mi spiegò: - Ma cos'hai capito piccioncino frettoloso, voglio solo dargli qualche consiglio. -
La mattina dopo fece perciò un salto in città insieme a lui e quando tornarono, un'oretta dopo, mr.Bigmoney era completamente trasformato, sembrava un altro. Il merito era chiara-

mente del suo vestito nuovo, estremamente elegante.

Lorelai era al settimo cielo, giustamente orgogliosa della propria opera. Mi venne vicino e mi sussurrò all'orecchio: - Si dice sempre che l'abito non fa il monaco ma è anche vero che un monaco non si vestirà mai da caporale, neanche se lo preghi in cinese. -

Perché mai si dovesse pregare in cinese un monaco chiedendogli di vestirsi da caporale era per me un vero mistero. Non sempre riuscivo a capire la logica di Lorelai, ma avevo anche imparato che in questi casi era meglio non cercare di approfondire. Ad ogni modo mr.Bigmoney appariva molto soddisfatto, segno che la bionda fatina aveva ancora una volta fatto centro. Anch'io dal canto mio ero contento che questa bislacca idea di Lorelai di fare da pigmalione al miliardario si fosse risolta in un semplice cambio d'abito. Ora finalmente potevamo dedicarci alla nostra ricerca.

Esplorammo per diversi giorni tutte le isole dell'arcipelago, ma senza successo.

Una sera, seduti sulla spiaggia, guardavamo il sole tuffarsi nell'oceano e io dissi: - Non c'è traccia di questo tempio dedicato al dio Perepè. -

- Forse ci ricordiamo male e non si chiamava Perepè. - disse Lorelai disegnando col dito un fiore sulla sabbia - Tu ti ricordi cosa c'era scritto su quel foglietto? -

- Certo. "Là dove regna un clima beato / c'è

un vecchio tempio un po' diroccato / intitolato al dio Perepè, / sotto l'altare c'è posta per te."
-

Per fortuna avevo una memoria eccezionale, assorbita forse dagli elefanti in quei due anni che avevo vissuto in mezzo a loro per studiarne le abitudini.
Lorelai tirò fuori di tasca la codina di ramarro blu del deserto, sempre custodita dentro la sua scatola di fiammiferi, poi socchiuse gli occhi e disse: - Codina codina, fai il tuo dovere. -
Mi venne da sorridere, ma ricordavo bene che quello strano portafortuna aveva già dimostrato il suo valore e meritava il massimo rispetto.
Iniziammo a guardarci intorno aspettandoci che accadesse qualcosa. Speravamo di veder giungere qualcuno pronto ad offrirci su un piatto d'argento l'indicazione di cui avevamo bisogno, ma la spiaggia continuava ad essere completamente deserta. Forse pretendevamo troppo da quel codino blu. O forse commettevamo il solito errore di attenderci un certo tipo di fortuna senza vedere quella che invece era lì sotto i nostri occhi. Il gelido Polo era lontano migliaia di chilometri, eravamo soli al tramonto su una meravigliosa spiaggia hawaiana, di fronte a un oceano dall'acqua cristallina. Guardai Lorelai negli occhi e vidi che anche lei stava pensando la stessa cosa. Tutto era perfetto anche perché Lorelai aveva perso il suo beautycase e perciò stavolta non mi sarei dovuto mangiare qualche chilo di rossetto. Avvicinai lentamente le mie

labbra alle sue mentre lei avvicinava le sue alle mie. Le passai un braccio intorno alle spalle e anche lei mi abbracciò, quindi ci adagiammo lentamente sulla sabbia tiepida ed iniziammo a rotolarci in una danza vecchia come il mondo. Ma ecco che dopo appena due giravolte un colpetto di tosse alle nostre spalle ci fece interrompere le danze. Ci tirammo su a sedere e guardandoci intorno ci accorgemmo che quattro o cinquecento persone erano apparse come dal nulla ed erano tutte lì intorno a noi. Non avevano un'aria ostile, anzi tutt'altro. Erano tutti carini e sorridenti, ma sinceramente avrei preferito incontrarli in un altro momento.

- Da dove sono sbucati? - mi chiese sottovoce Lorelai mentre ci alzavamo in piedi e ci spazzolavamo via la sabbia di dosso.

- Non ne ho idea. - le risposi - Forse è stato il codino blu a farli venire. -

Si fece avanti un uomo anziano, abbronzato, come del resto lo erano tutti, con indosso una tunica azzurra dai bordi ricamati in oro.

- Scusate se abbiamo interrotto il vostro rito Nau-Nau. -

- Non vi preoccupate, - rispose Lorelai - il nostro rito Nau Nau è solo rimandato. E poi è anche colpa nostra, non vi avevamo visti arrivare. -

Il vecchio sorrise e disse: - Una volta ogni dieci anni ci ritroviamo qui per celebrare la grande cerimonia al tempio. -

- Ogni dieci anni? - sussurrai a Lorelai - E

per l'appunto proprio ora. -

Poi chiesi all'uomo anziano: - Quale cerimonia? Quale tempio? -

- È una cerimonia molto importante che ha lo scopo di risvegliare la natura che altrimenti si addormenterebbe facendo precipitare il mondo nel caos. -

- Che bello! - esclamò Lorelai col suo consueto entusiasmo - Sarebbe una specie di sveglia generale! E come fate a dare questa sveglia? Suonate delle trombe o qualcosa del genere? -

- Non noi direttamente. A far questo ci pensa il dio Perepè. La cerimonia si svolge nel suo tempio. -

Io e Lorelai ci guardammo, poi le dissi sottovoce: - Stai attenta a non perdere quella codina blu, è davvero preziosa. -

- Perché mai dovrei perderla. - mi rispose come se avessi detto la cosa più assurda del mondo, poi prese sottobraccio l'hawaiano dalla tunica celeste e gli disse: - Bèh, cosa aspettiamo? Andiamo a dare una bella svegliata a questa natura dormigliona! -

CAP. 19

Ci mettemmo in marcia. L'uomo che ci aveva parlato si chiamava Babo e doveva essere una specie di sacerdote o di capo perché camminava davanti a tutti gli altri. Sia gli uomini che le donne camminavano in un modo strano, battendo con forza e ritmicamente i piedi in terra, in una specie di danza stile pellerossa alla quale Lorelai non tardò ad unirsi.

- Come mai pestate così forte con i piedi? - chiesi.

- Iniziamo fin d'ora a dare una svegliata alla natura. Le vibrazioni giungono fino al centro della Terra dove vive il dio Perepè, così capisce che stiamo arrivando al suo tempio.

Era una spiegazione abbastanza logica, tutto sommato.

Sempre pestando con i piedi per terra entrammo nella foresta che si estendeva per chilometri dietro la spiaggia. Raggiungemmo poco dopo una radura in mezzo alla quale sorgeva un tempietto in pietra molto carino anche se un po' diroccato. Era però molto piccolo, capace di accogliere sì e no una ventina di persone. Senza curarsi di questo, Babo iniziò a farvi entrare la gente ed io e Lorelai vedemmo meravigliati quattro o cinquecento persone fare il loro ingresso nel tempio senza alcun problema.

- Com'è possibile? - gli chiesi.

- Questo è possibile solo una volta ogni dieci anni. - mi rispose Babo - È segno che il dio Perepè ci ha sentiti arrivare e inizia a compiere i suoi prodigi. -

Entrammo a nostra volta e rimanemmo a bocca aperta. L'interno del tempietto era vastissimo, sembrava di essere in una cattedrale così grande che avrebbe potuto contenere benissimo il doppio o anche il triplo di quelle persone. I soffitti a volta, le pareti e le colonne erano tutti decorati con pitture a carattere naturalistico e nel mezzo c'era l'altare, coperto da un lenzuolo rosso su cui era appoggiata una luccicante tromba dorata o forse d'oro. Secondo le indicazioni di Buck il guercio sotto quell'altare doveva esserci il nostro biglietto. Il problema però era quello di andarlo a prendere sotto gli occhi di cinquecento persone.

Senza che gli avessi chiesto niente, Babo mi disse: - Qui all'interno del tempio siamo in un'altra dimensione, molto più eterea e sottile di quella normale. -

- Cosa intendi dire? -

- Per farti un esempio, da qui è possibile teletrasportarsi in un posto qualsiasi solo pensandovi. -

- Posso provare? -

- Certo, ma non pensare un posto troppo lontano altrimenti non potrai ritornare indietro. -

Un attimo dopo ero già sotto l'altare dove nessuno poteva vedermi grazie all'ampio telo rosso che lo ricopriva. Cercai dappertutto e dopo poco trovai il biglietto, ripiegato e incastrato in una fessura. Lo presi, lo aprii e anche se non c'era molta luce, lo lessi. C'era scritto così:

Ora che tutto il mondo hai girato
di questo viaggio devi essermi grato.
Giunto è il momento di fare ritorno
pur senza aver trovato un bel corno.
Ma c'è una cosa che ancora non sai.
Quando di nuovo a casa sarai
se non riesci a dormire la sera
guarda ed ascolta la capinera.

Vecchio filibustiere! E così la grande caccia al tesoro finiva lì, con un biglietto che mi diceva candidamente di tornarmene a casa e di mettermi ad ascoltare gli uccellini. Se Buck il guercio pensava di essere stato spiritoso si sbagliava di grosso. D'altra parte la colpa era anche mia, non mi sarei mai dovuto fidare di un pirata. Mi ficcai in tasca il biglietto e mi teletrasportai indietro, accanto a Lorelai e a Babo. Stavo per raccontare a Lorelai del biglietto e dirle che a quel punto ce ne potevamo anche andare, quando improvvisamente la luce nel tempio si affievolì e ci trovammo immersi in una gradevole penombra, come a teatro prima dell'inizio dello spettacolo. Decisi di aspettare la fine della cerimonia. Dopo qualche minuto la luce riprese a calare, e più diminuiva più la tromba d'oro appoggiata sull'altare acquistava luminosità fino a rimanere l'unica cosa visibile nel buio più totale.

Lorelai mi sussurrò all'orecchio: - Babo mi ha spiegato che tra un po' il dio Perepè sceglierà l'anima più pura e ingenua tra quelle qui presenti nel tempio e poi, agendo tramite lei, andrà a suonare la tromba. -

- Ma perché tutto questo buio? -

- Il buio serve per non far vedere il trombettista. -

Tutti iniziarono piano piano a cantare. Era uno strano canto che iniziava lento e monotono ma poi diventava più veloce e acquistava ritmo fino a diventare una specie di reggae ma ancora più trascinante.

A un tratto la tromba si sollevò dall'altare. A causa del buio sembrò che si fosse alzata da sola, ma in realtà qualcuno l'aveva presa e si accingeva a suonarla. Poi il suo squillo si unì al canto e ne derivò una musica eccezionale. Non avevo mai sentito un suono simile, né un ritmo simile, né un trombettista simile. Io non amo molto il ballo ma quella volta, spinto da una forza irresistibile, mi gettai insieme a tutti gli altri in una danza scatenata. Eravamo tanti e al buio ma pur ballando nella massima libertà nessuno urtava mai un altro. Sentivo dentro di me un'energia nuova, fresca e pulita. Il suono di quella tromba stava davvero risvegliando la natura.

Non so per quanto tempo continuammo a danzare al suono di quella tromba. Nessuno sentiva la stanchezza. E che polmoni quel trombettista! Poi la musica finì in un assolo fantasmagorico, la tromba venne posata di nuovo sull'altare e tutti ci ritrovammo non so come nelle stesse posizioni che avevamo all'inizio.

Piano piano ritornò la luce e quando fu tornata del tutto Babo ci disse: - È la prima volta che degli stranieri partecipano a questa cerimonia. Spero vi sia piaciuta. -

- Possiamo rifarla? - chiese Lorelai.

Babo si mise a ridere e rispose: - Certamente, fra dieci anni. Ora però dobbiamo uscire prima che questo tempio ritorni piccolo dentro come lo è fuori. La magia si sta dissolvendo, ma durerà ancora abbastanza da permetterci di uscire. -

- Quindi anche il teletrasporto smetterà di funzionare. - dissi.

- Sì. -

- Allora caro Babo, dobbiamo proprio scappare. Grazie di tutto. -

Gli strinsi calorosamente la mano, poi abbracciai Lorelai e le dissi di pensare intensamente al parco davanti a casa nostra. Un attimo dopo eravamo già lì, seduti su una panchina e ancora abbracciati come due fidanzatini.

- Che cosa è successo? - chiese Lorelai guardandosi intorno con due occhi spalancati.

- Siamo tornati a casa. Abbiamo usato il teletrasporto. -

- Ah. - fu tutto il suo commento. Sembrava ancora un po' frastornata dalla cerimonia.

Io invece mi sentivo benissimo, pieno d'energia. Feci per darle un bacio ma lei si ritrasse mettendosi una mano davanti alla bocca.

- Va tutto bene? - le chiesi.

- Benissimo, - mi rispose - ma ho le labbra ancora un po' indolenzite dopo aver suonato la tromba così a lungo. -

CAP. 20

- E la nostra caccia al tesoro? - chiese Lorelai - Siamo venuti via senza prendere il biglietto. -

- Ce l'ho io. - le risposi tirandolo fuori di tasca e porgendoglielo.

Dalla mia espressione non proprio entusiasta capì subito che qualcosa era andato storto. Lo lesse attentamente, poi lo ripiegò e dopo averci pensato un po' su, sospirò e disse: - Bèh, però ci siamo divertiti. -

Era quasi buio e nel parco non c'era nessuno. Doveva essere l'ora di cena. A un tratto vedemmo venire verso di noi la signorina Morty, dall'aspetto più allampanato che mai.

- Me l'aveva detto che vi avrei trovati qui. - disse.

- Chi gliglielo aveva detto? - domandai.

- Il suo antenato pirata. Mi ero appena seduta a tavola davanti a un bel piatto di minestra quando ho sentito la sua voce. Mi ha chiesto di venire qui a portarle un suo messaggio. Se me lo avesse chiesto un altro fantasma gli avrei detto di aspettare dopo cena ma lui è troppo simpatico, così l'ho accontentato. -

- Sentiamo questo messaggio. - dissi senza eccessivo entusiasmo.

- Non è contento di ricevere comunicazioni urgenti dall'Aldilà? -

- Non nutro la sua stessa simpatia per il mio progenitore. -

- In tutti i casi il messaggio è molto carino perché è in rima. Il suo antenato era anche un poeta? -

- Un poeta del raggiro. Se fosse stato un pittore si sarebbe dedicato ai trompe l'oeil. -

- Bèh insomma, il messaggio è questo qui: "Le ultime righe e solo loro, sono la chiave del tesoro". E ora se volete scusarmi, torno alla mia cena. Non vorrei che la minestra mi si freddasse troppo. -

Ciò detto eseguì un perfetto dietrofront e se ne andò con la sua tipica andatura serpeggiante.

Rimasti di nuovo soli, Lorelai domandò: - Quali ultime righe? Quelle del biglietto? -

Dato che l'aveva ancora in mano, lo riaprì e rilesse ad alta voce la parte finale del messaggio: - "Quando di nuovo a casa sarai, se non riesci a dormire la sera, guarda ed ascolta la capinera." -

Dopo averci rimuginato un po' su, disse: - Chissà che vuol dire. -

- Non vuol dire assolutamente niente. - tagliai corto - Non mi metterò certo ad ascoltare ogni stupido uccellino che passa solo per far sbellicare dalle risate quel vecchio filibustiere! -

- Mi dispiace piccioncino arrabbiato, ma non sono d'accordo! Prima di tutto gli uccellini non sono affatto stupidi ed ascoltarli, specialmente le capinere, è sempre un piacere, e poi può darsi che queste parole nascondano un segreto. -

- Senti, se proprio non vogliamo pensar male di Buck il guercio, posso solo supporre che avesse una doppia personalità, da un lato un pirata e dall'altro una sorta di poeta-filosofo giunto alla conclusione che ascoltare gli uccellini sia l'unico vero tesoro che questa vita ti possa offrire. Ma ora non pensiamoci più, sarà meglio tornare a casa. C'è la luna piena e non vorrei imbattermi in Robert, il licantropo. -

Cercavo sempre di evitare lo scontro con Robert perché eravamo amici. Il fatto di essere suo amico però non mi metteva al riparo dai suoi attacchi, perché quando si trasformava non faceva distinzioni e saltava addosso a chiunque gli capitasse a tiro. Tutti ne avevano paura, mentre il mio timore era al contrario quello di fargli male perché come mostro Grunz ero molto più forte di lui.

Non ci dispiacque affatto rimettere piede in casa e tornare alle nostre vecchie abitudini, perché il viaggio era stato sì divertente ma anche piuttosto intenso. Erano tante le abitudini che io e Lorelai avevamo in comune e una di queste era quella di non lasciare mai le cose a mezzo, perciò non appena rientrati portammo subito a termine il nostro rito Nau-Nau così bruscamente interrotto su quella splendida spiaggia hawaiana. Poi, dopo una frugale cenetta e un paio di partite a pingpong, salimmo sulla torre ad ammirare la luna finché il sonno non ci convinse ad andare a dormire.

Nonostante fosse bello ritrovarsi di nuovo nel proprio letto, non riuscivo ugualmente ad addormentarmi, a differenza di Lorelai che cadde tra le braccia di Morfeo non appena toccate le lenzuola.

Come ero solito fare in questi casi, mi misi ad osservare il bellissimo affresco sul soffitto della nostra camera che raffigurava un idilliaco paesaggio agreste animato da baldi coloni e leggiadre contadinelle in festa circondati da un infinita varietà di animali. Potevo farlo perché quando eravamo a casa non ci addormentavamo mai al buio. Ci piaceva lasciare accesi due candelieri che si spengevano poi da soli nel corso della notte. La luce tremula delle candele faceva sembrare vive le figure dell'affresco creando un effetto davvero singolare.

E fu così che la vidi, in alto a sinistra. Senza dubbio c'era sempre stata, ma io non l'avevo mai notata. D'altra parte perché mai avrei dovuto notare in quel paesaggio così affollato di uomini, donne e animali, una piccola capinera posata sul ramo di un albero? Guardai con maggiore attenzione e mi accorsi che dal suo becco, aperto come se cantasse, usciva una specie di nastro dorato sul quale erano scritte delle parole, come se il pittore avesse voluto farle dire qualcosa. Saltai giù dal letto e corsi ad accendere la luce, tra le proteste di Lorelai. Quando le dissi cosa avevo scoperto, il sonno passò immediatamente anche a lei. Presi uno scaleo e mi ci arrampicai per andare a vedere che cosa la piccola capinera avesse da dirci. Il soffitto era alto più di cinque metri e quindi non era facilmente raggiungibile, ma riuscii ugualmente ad avvicinarmi abbastanza da leggere ciò che m'interessava.

Ecco che cosa il nerochiomato uccellino stava cinguettando lassù da circa quattrocento anni: "Pur se di me tu hai dubitato / or troverai quel che hai cercato. / Non più un lamento non più un singhiozzo, / corri piuttosto a vedere nel pozzo."

Era inutile che adesso Buck il guercio facesse il risentito perché avevo dubitato di lui! Ebbene sì, avevo pensato che fosse tutto un inganno, ma la colpa era anche sua e dei suoi messaggi sibillini. E poi in fondo non mi ero lamentato troppo. O forse sì, però di sicuro non avevo singhiozzato. Mi chiedevo come avesse fatto a prevedere la mia sfiducia nei suoi confronti. Sembrava quasi averla provocata apposta per poter fare poi la vittima.

Mentre stavo rimuginando tutte queste cose, Lorelai, da sotto lo scaleo, mi chiese: - Allora, piccioncino ammutolito, cosa c'è scritto? -

Scesi e le riferii il messaggio della capinera. Il nostro pensiero corse subito all'antico pozzo in pietra giù nel cortile interno della casa, in secca da secoli e da altrettanto tempo chiuso da un pesante coperchio di ferro.

Ancora in pigiama scendemmo di corsa giù per l'ampia scalinata, raggiungemmo la corte e scoperchiammo, non senza difficoltà, il pozzo. Era pieno di monete d'oro fino a metà.

Com'era prevedibile Lorelai si mise a danzare ridendo, poi mi abbracciò e mi baciò con le sue labbra cariche stavolta non di rossetto come al solito, ma di burro di cacao.